鰻漫回家路

稍晚在同一處田野
他兀自在黑夜矗立
鰻魚蜿蜒溜過草地
宛如仍帶著那初生的恐懼

——西蒙斯・希尼

目次

1 鰻

鰻魚是這樣誕生的：一切發生在西北大西洋一處稱作「馬尾藻海」的水域，當地就各方面而言，都是孕育鰻魚的最佳地點。馬尾藻海不能算是邊界明確的水域，我們很難釐清它從哪裡開始，又在哪裡結束，因爲它躲過了凡世的量測標準。它位於古巴與巴哈馬群島的東北端，在北美海岸以東，但此處變化莫測。馬尾藻海猶如一場夢：你無法明確說出自己何時闖進它的領域，也不知道什麼時候就莫名離開了它；你只知道自己曾經造訪過它。

馬尾藻海之所以莫測高深，是因爲它完全不以陸地作爲邊界；它由四條大型洋流環繞，西邊是孕育萬物生命的墨西哥灣流；北方爲北大西洋暖流的延伸；東側可見加那利洋流；南端則以北赤道洋流爲界。總面積約五千一百八十平方公里的馬尾藻海在這些洋流間緩慢攪動，猶如一股溫暖旋動的渦流。進得去的不見得能夠輕易脫身。

海水湛藍清澈，有些地方深達七千多公尺，海床表面覆蓋了大片黏稠棕黑的馬尾藻，它正是這片海域名稱的由來。海藻漂流數千公尺，提供數不盡的生物營養與庇護：微小的無脊椎動物、魚類、水母、海龜與蝦蟹。往深處而下，甚至可見其他種類的海藻和植物蓬勃生長。在黑暗中，生命仍是熱鬧榮景，猶如暗夜森林。

歐洲鰻就在這裡誕生。成鰻春天在此處產卵，將之受精。安全陰暗的深海孕育出如幼蟲般的迷你生物，頭部與眼睛甚至尚未發育完全，這個階段的鰻被稱爲「柳葉鰻」，身體扁平如柳葉，幾乎完全透明，而且只有幾公釐長。這是鰻魚生命週期的第一階段。

這群纖細輕薄的柳葉立即踏上旅程。墨西哥灣流帶著牠們漂流數千公里，橫渡大西洋，朝歐洲海岸移動。這段旅程最長可能得需要三年；於此同時，幼體一公釐一公釐慢慢長大，就像一顆慢慢膨脹的氣球，等到牠們終於抵達歐洲，第一次變態已經完成，此時的牠們成爲「玻璃鰻」。這是鰻魚生命週期的第二階段。

玻璃鰻的外型看起來與之前的柳葉體形態類似，全身幾乎透明，長度只有四到五公分，修長滑溜，彷彿色彩或原罪都尚未在體內紮根。海洋生物學家瑞秋・卡森就曾經如此描述，牠們像是「比手指還短的細玻璃棒」。纖弱又毫無防備力，許多人都視其爲珍饈佳餚，特別是西班牙巴斯克地區的居民。

玻璃鰻接近歐洲海岸後，通常會上溯溪流或河川，幾乎立刻適應淡水水域，此時的牠們會經歷下一個變態，牠的體色轉黃，成了一條「黃鰻」，看起來就像一條蛇，渾身都是肌肉，雙眼仍然偏小，但黑色的瞳孔極其明顯，下頜寬闊有力，鰓則幾乎完全隱蔽。細薄柔軟的鰭沿著牠的背部與腹部伸展，表皮終於發展出色素，看來既棕且黃，又有點泛灰，黃鰻的鱗片小到肉眼幾乎難以辨識，觸摸時也幾乎無感，彷彿穿上了一套國王的盔甲。假使玻璃鰻柔嫩脆弱，那麼黃鰻便可說是強壯堅韌。這是鰻魚生命週期的第三階段。

黃鰻有本事游過最淺、最茂密的水域，就連流速最快的水流也能輕鬆駕馭。牠可以穿越伸手不見五指的湖泊與平靜無波的溪流，一路勇闖滔滔江河，也能在貌不驚人的池塘生存。有需要時，牠甚至能鑽過沼澤與溝渠。牠不會讓外在環境擋住自己的去路，萬一所有的水道全都用罄，牠還能登上乾燥的陸地，蜿蜒行經潮濕的草叢與矮林，朝全新水域推進，甚至可以這樣持續前進好幾個小時。鰻魚，可說是魚上魚。也許，牠甚至沒有意識到自己是魚。

牠可以遷移數千公里，不屈不撓、無所畏懼，在牠突然決定落腳前，也不需要悉心營造家的氛圍；牠必須自己適應、忍受與理解大環境——那可能是泥濘的溪流或湖床，最好還有一些岩石與洞穴可容藏身，當然也得有足夠的食物。一旦牠找到自己的家，牠就會年復一年住在原處，通常都是僅幾百公尺不到的半徑範圍。假使受到外力遷移，鰻魚總會儘快返回自己選定的住所。曾有被研究人員捕獲的鰻魚，身上配戴了無線電波標記，被帶離捕獲點好幾公里，結果在一、兩星期內又成功回到最早被人們發現的地點。大家都不知道牠們是如何找路回家的。

黃鰻是離群索居的生物。一生中最活躍的階段，牠通常獨自度過，讓四季更迭決定自己的各種活動。天冷時，牠可以躲在泥巴裡長時間蟄伏，非常被動，有時牠會與其他鰻魚纏成一團，看起來就像一顆理還亂的毛線球。

牠是晝伏夜出的獵人。黃昏時，牠從水底現身，開始覓食，看到什麼就吃什麼。幼蟲、青蛙、螺類、昆蟲、小龍蝦、魚，甚至偶爾出現的老鼠與雛鳥，跟清道夫沒兩樣。

就這樣，黃鰻幾乎大半生以黃棕色的外表生活，日子就在活動與冬眠間交替，生命看似毫無目的，成天就是覓食與藏匿，彷彿生命存在最重要的意義就是等待，耐心就是最高的指導原則。

而且牠相當長壽。順利躲過疾病與災難的鰻魚，可以在同一個地點生活長達五十年。曾經有圈養的瑞典鰻魚活了超過八十歲。神話與傳說中的鰻魚，甚至能活到百歲以上。那些被剝奪自己生存的最高目標——繁衍——的鰻魚，甚至幾乎能長生不老。彷彿可以一路等到歲月的盡頭。

不過在生命中的某個階段，通常在十五歲到三十歲時，野生鰻魚會突然決定傳宗接代。我們可能永遠無法理解究竟有哪些誘因觸發了這個決定，但一旦下定決心，鰻魚的平靜生活就會嘎然中止，掀起截然不同的劇烈波瀾。牠開始努力想游回大海，同時進行最後的變態階段。單調沒特色的黃褐色消失了，牠的身體變得更清晰顯眼，背部轉爲黑色，兩側呈現銀白光芒，甚至帶著條紋，肉體的變化似乎也反映了鰻魚的嶄新決心。黃鰻成了「銀鰻」。這是鰻魚生命週期的第四階段。

待秋天爲地球開展暗沉的保護色後，銀鰻也隨之洄游大西洋，前往馬尾藻海。鰻魚的身體也彷彿經過了一場深思熟慮，如今更適應這趟長途旅行了。現在牠的生殖器官緩緩發育，鰭更修長有力，好推動牠持續前進；牠的眼睛變得更大，瞳孔成了藍色，讓牠在海洋深處能看得更清楚；牠的消化系統關閉；胃部融化了——從現在開始，牠所需要的所有能量都將從現有的脂肪層吸收——牠的身體將只被魚卵或精囊塞滿，任何外力的干擾都無法讓鰻魚對終極目標分心。

牠一天能游將近五十公里，有時會潛到地表以下一公里深；人類對這趟旅行仍然瞭解不多。它可能長達六個月，也有可能因爲冬天而暫停。目前已知被圈養的銀鰻在沒有補充任何營養的狀態下得以存活四年之久。

這是苦行僧般的漫長旅程，鰻帶著我們難以理解的生存決心堅持進行。但是，等到鰻魚抵達馬尾藻海後，牠再一次回到了家。在盤旋混濁的海藻底下，牠讓卵子受精。一旦完成這項任務，鰻魚心滿意足，寫完了自己的故事，牠的生命就在這裡永遠結束。

2 在溪邊

父親教我在他童年老家麥田旁的小溪釣鰻魚。我們會在八月黃昏時開車過去，從主幹道左轉越過小溪，再轉進一條小路，這條小路在泥土地上蜿蜒前行，直下陡峭斜坡，最後與小溪平行。左側的金黃色麥穗一路刷著車身，右邊則是靜靜呢喃，偶爾發出沙沙聲的草地。遠處可見大約六公尺寬的水面，一條靜靜的小溪在綠地上延伸，看起來就像趁著夕陽仍有餘暉時，努力閃耀光芒的銀鏈。

我們沿著湍流緩緩駛過，水流在岩石間急速流動，行經挺不起腰的老柳樹。當時我七歲，卻已經走過這條路很多次了。直到小徑盡頭消失在一大片無法通過的植被後，父親停車熄火，此刻四下昏暗安靜，耳邊只有溪流的潺潺水聲。我們都套了厚重的橡膠靴與青蛙裝，我的是黃色，父親的是橘色，手上還提了兩個裝滿漁具的黑色大桶，拿了手電筒以及一罐從樹幹裡挖出來的蟲子，就這麼出發了。

溪岸的草地仍然濕漉，甚至比我還高。父親帶頭走出一條小路；我後方的草叢隨著我的腳步如拱門般闔上，蝙蝠在溪流上方來回飛翔，杳無聲息，看起來就像天空中的黑色標點符號。

走了四十公尺後，父親停下腳步，左右看望。「這裡就可以了，」他說。岸邊陡峭泥濘，萬一一腳踩空，就可能整個人摔進水裡。暮色漸深了。

父親一隻手撥開長草，小心翼翼地走對角線，轉身將另一隻手伸向我。我抓住他的手，學著他的謹慎小心。沿著水岸，我們踩出了一個小平臺，放下水桶。

我模仿正在默默檢查水面的父親，順著他的視線，想像自己也看見他看到的一切。當然我們沒辦法知道這個地點好不好。水色黑暗混濁，到處蘆葦雜生，對我們挑釁搖擺，我們對水面下的一切毫無頭緒，但我們選擇保持信念，人偶爾就是必須如此。釣魚更應當這樣。

「對，這裡就可以了，」父親轉頭看我時重複著這句話；我從水桶掏出一條釣線遞給他。他迅速拉線掛上魚鉤，再細心地從罐內拿出一條肥嘟嘟的蟲餌，用手電筒打光端詳，將牠放上魚鉤後，又把魚鉤湊近臉，假裝吐了一口口水，這是在祈願自己好運，而且得做兩次。接著，他以一個流暢的動作將釣線抛進水裡。他彎腰摸了摸那條釣線，確保它已經繃緊，沒有被水流扯得太遠。最後，他挺直身體，說聲「好了，」我們便走上溪岸。

我們所謂的「釣線」其實應該是不一樣的東西，我想。一般而言，那應該是掛滿許多魚鉤與鉛錘的長釣線。我家的比較原始。父親用斧頭磨尖木頭的一端，然後拿一條約四公尺半的厚實尼龍線綁上木樁。至於鉛錘，他則是將熔化的鉛倒入鋼管，使其冷卻後，再將鋼管切段，在上面鑽洞。鉛錘被固定在離釣線末端約一隻手長度的距離，巨大的魚鉤緊緊綁在另一端，木樁則是打入地面，最終魚鉤與誘餌會停留在溪床上。

我們會帶十到十二條釣線，裝餌後丟進水裡，每條釣線離彼此約九公尺的距離。我們會在陡峭的溪岸上上下下，每一次都會進行同樣的步驟，不厭其煩——有默契地手牽手、上餌，還要吐口水求好運。

等到最後一個魚餌設置完成後，我們會再次走回溪岸檢查，確保所有的魚餌已經就緒，默默站在附近一分鐘，讓本能說服自己一切已經順利完成，只要給它一些時間，就會有好事發生。等到我們檢查完之後，天通常已經全黑了——無聲飛翔的蝙蝠飛掠潔白的月光——我們最後一次走上岸，走回汽車那裡，然後開車回家。

¶

我想不起來在溪邊時，我與父親除了鰻魚以及如何成功捕捉牠們之外，還聊過其他什麼話題。我甚至記不得我們曾經交談過。

或許眞的是如此。因爲我們在那裡，不太需要對話，只需要安靜享受大自然。映照大地的月光，低吟呢喃的草地，搖曳生姿的樹影，單調的潺潺溪流，還有來回飛越我們頭頂上方如星形符號的蝙蝠。你必須完全保持靜默，才能讓自己歸屬當下。

也有可能我完全記錯了。畢竟回憶並不可靠，它只挑選自己想留下的。當我們回頭在過去尋找某個畫面時，我們絕對不會選最重要或最相關的場景；相反地，我們記得的是自己先入爲主的圖像。人的回憶彷彿會自行安排舞臺場景，所有的細節全都相輔相成，不可或缺。回憶不允許色彩破壞背景。所以，不如就說我們沒有對話吧。畢竟，假使我們眞說了話，我也不知道我們究竟說了些什麼。

我們住的地方離小溪只有兩、三公里；深夜回家後，我們會先在前廊臺階脫下青蛙衣與靴子，接著我會直接上床睡覺。我總是迅速入睡，剛過清晨五點時，父親再次叫醒我。他不需要多說。我立刻起身，才沒幾分鐘，我們已經上車了。

下游處可見清晨的太陽緩緩升起。晨曦將天空的邊緣染得深橙一片，溪水的流動聲不一樣了，顯得更清澈活潑，彷彿也剛從沉沉的睡眠中甦醒。還有其他的聲音在我們周遭清楚可聞。有隻黑鳥在嬉戲，一隻綠頭鴨笨拙地衝進水面，飛濺起不少水花。另有一隻蒼鷺兀自飛過溪流，低頭檢視溪底，巨大的嘴喙看起來猶如一把隨時準備揚起的短刃。

我們走過潮濕草地，側著身軀沿岸走到第一個放餌處。父親等我跟上他，我們一起研究繃緊的釣線，尋找水面下的蛛絲馬跡。父親彎下腰，把手放在尼龍線上。然後他挺直身體，搖了搖頭。他將線拉上岸，給我看魚鉤，蟲餌不見了，搞不好是被狡猾的鯉魚偷走了。

我們移動到下一個魚鉤，上面也是空的，第三個也一樣。然而，接近第四個時，我們看見線被拖進一區蘆葦，當父親用力拉扯時，線卡住了。他喃喃不知說了什麼。

或許是水流將魚鉤跟鉛錘拉進蘆葦區，但是也很有可能是鰻魚自己吞下了魚餌，結果被釣線纏得無法脫身，或是被植物的莖梗卡住，現在正躺在原地等著大限降臨。如果緊扯釣線，有時會感覺到微小的振動，彷彿線的另一端正在預示自己準備赴死了。

父親一面鬆繩，一面緊扯，咬唇無奈咒罵著。他認爲當下只有兩條路可以解決僵局，無論如何都會有輸家，要不就是他讓鰻魚脫身，把線拉起來，要不就是將釣線割斷，讓鰻魚留在原處與蘆葦及枷鎖般的魚鉤與鉛錘纏鬥。

這一次，似乎別無選擇。父親走了幾步到一旁，嘗試不同角度用力拉扯，尼龍線綳緊伸展如小提琴絃，但完全沒用。

「不行，運氣不好，」他慢慢說著話，一面盡全力拉扯，此時釣線應聲而斷。

「希望牠成功脫逃了，」他說，我們繼續前進，在溪岸來回走動。

到第五條釣線時，父親彎下腰，試探碰觸。最後，他站直身軀，往旁邊站了一步。「你想拿拿看嗎？」

我抓住線，輕柔拉扯了一下，立刻感受回應的力道，這是父親只須用指尖就能感覺到的力量。我則花了一點時間才意識到這是熟悉的感覺，然後我又加了一點勁，魚開始移動。「是鰻魚！」我大聲說。

鰻魚從不試圖衝撞，這點與河鱸不同；牠偏好一溜煙游走，這反而令人無從捉摸，以體型而言，這條鰻魚強壯得令人驚訝，而且是技術高超的游泳好手，儘管鰭非常小。

我盡可能地慢慢收線，不讓釣線鬆弛，想要好好感受這一刻。但線並不長，而且這裡沒有蘆葦讓鰻魚藏身；再不久我就要將牠從水裡拉出來了，我看見牠閃亮的黃褐色身軀在晨光下發光扭動著。我試圖抓住牠的頸後，但根本很難著力；牠像蛇一樣緊緊繞住我的手臂，一直到手肘；我能感受到牠蟄伏的強壯力道，牠並沒有亂動亂竄，但此時我若順勢鬆手，牠一定會跳過草叢，在我能好好抓住之前，便瞬間消失在水中。

最後，我們取出魚鉤，父親將水桶裝滿溪水。我讓鰻魚從我手中滑走，牠開始在桶內悠游轉圈，父親把手搭在我的肩膀上，稱讚牠很漂亮。我們走往下一個放鉤處，雙腳輕輕踏著陸地，我的獎賞就是可以提著裝了鰻魚的水桶。

3 亞里斯多德與出自淤泥的鰻魚

有些情境迫使我們必須選擇相信。鰻魚就是這樣。如果我們選擇相信亞里斯多德，那麼全世界的鰻魚都是從泥巴出生的。牠們莫名出現，如天外飛來一筆般現身在海底的沉積層。換句話說，牠們並非由其他鰻魚繁衍而成——出自生殖器官的結合，由受精卵孵化。

亞里斯多德在西元前四世紀時寫道，大多數的魚類，當然會產卵繁殖。但他進一步解釋，鰻魚，則是一大例外。牠沒有雄雌之分，也不產卵交配。鰻魚不賦予同類生命。牠們生命的火花另有起源。

亞里斯多德建議：在乾旱期觀察一座有支流的小池塘。池水乾涸之後，池底泥巴也都乾了，堅硬的地表不見任何生機。任何生物都無法存活，更不用說是魚了。但當第一場雨落下，池水緩緩回升後，奇妙的事發生了。突然間，池塘裡面全都是活跳跳的鰻魚。牠們就這樣現身，必然是雨水讓牠們復生的。

於是亞里斯多德做出結論：滑溜溜的鰻魚憑空出現，堪稱謎樣般的奇蹟。

亞里斯多德對鰻魚的興趣並不令人意外。他對所有形式的生命都很感興趣。當然，他是思考家、理論家，與柏拉圖齊名，為西方哲學立定根基；但不只如此，他還是科學家，至少以當時的標準而言。人們常說，亞里斯多德是最後一位「全知者」，或者換言之，他是理解人類文明所有知識的最後一人。更重要的是，在觀察與描述大自然方面，他可說走在時代的尖端。他的偉大作品《動物史》是人類首次嘗試系統化歸類動物界的鉅作，早於林奈兩千多年。亞里斯多德觀察描述各種動物以及牠們之間的差異，舉凡其長相、器官、體色與外型、生活與繁衍，食物種類及行為等等。《動物史》讓現代動物學發端；這本典籍一直到十七世紀仍被自然科學界奉為圭臬。

亞里斯多德在希臘哈爾基季基州的斯塔吉拉半島長大，半島分成三條狹長的陸地延伸入愛琴海，看起來就像是一隻有三根手指的手。他出身優渥，父親是馬其頓國王的御醫，自小接受良好完整的教育，父親也期待他能繼承衣缽，但亞里斯多德年紀還小時就成了孤兒。他父親在他十歲時去世，母親也早已不在人世，由一位親戚撫養他長大，十七歲時，亞里斯多德被送往雅典，進入當時最頂尖的柏拉圖學院就讀。孤苦無依的少年獨自生活在陌生的城市，對一切都充滿好奇，只有根被硬生生切斷的人們，才會擁有亞里斯多德那種急切想要瞭解世界的熱情。柏拉圖是他的老師，他追隨柏拉圖學習長達二十年，在許多領域的表現都不遜色。柏拉圖去世後，亞里斯多德沒有被任命爲學院的新校長，他搬到勒斯博島。亞里斯多德就是在當地開始認眞研究動物與大自然。或許他也是在這裡首度思考鰻魚的由來。

外界對亞里斯多德的科學方法瞭解不多。他沒有記錄自己的觀察與解剖。雖然他曾經自信詳盡地描述自己的發現與見解，卻鮮少解釋這些論點的由來。然而，我們幾乎完全可以肯定，他親力親爲進行解剖，爲《動物史》奠定下完整的根基，最重要的是，他似乎將大部分的時間都花在研究水生生物的形態，特別是鰻魚。別的不說，他對於鰻魚體內如器官的相對位置與魚鰓構造，更是觀察得鉅細靡遺。

就鰻魚而言，亞里斯多德對其他科學家的論點不以爲然，這些人的名字早已不可考，看來當時鰻魚已經是各家爭論、臆測與衝突的來源。亞里斯多德堅持鰻魚體內沒有卵，宣稱認定有卵的人並未仔細研究。他寫道，這一點無須質疑，因爲剖開鰻魚時，你根本看不見任何與卵巢或輸卵管類似的器官。基本上，我們就是無法解釋鰻魚何以存活在地球上。他還說，只要有人認定鰻魚產卵後就死亡，就表示那人無知愚蠢，刻意誤導大眾，因爲那根本不是事實。亞里斯多德甚至譴責那些聲稱鰻魚有性別差異的科學家，這些人指出雄鰻的頭比雌鰻稍大，亞里斯多德認爲這群人把物種變異誤認爲性別差異了。

亞里斯多德確實認眞研究過鰻魚，這一點不容辯駁。也許是在勒斯博島，或許在雅典。他解剖牠們，研究牠們的內臟，尋找卵與生殖器官，也解釋牠們的繁衍機制。他或許處理過許多鰻魚，仔細觀察牠們，思考牠們究竟是哪種生物，最後，他的結論就是，鰻魚自成一格。

亞里斯多德研究動物與大自然的方法最終會成爲——幾乎完全源自於他——現代生物學與自然科學的雛型，後世對鰻魚的理解也來自亞里斯多德。這就是所謂的實證精神。亞里斯多德宣稱，大自然可以透過系統觀察闡述，同時也只有透過精準正確的描述才得以讓世人理解。

這做法非常激進，但就各方面而言，都是一大斬獲。亞里斯多德有許多觀察結果出人意料地準確，特別是因爲當時的動物學甚至連概念都算不上，他的知識遠遠超越他的時代，尤其是水生物種。例如，他描述了章魚的繁殖，而現代動物學直到十九世紀才證實一切。至於鰻魚，亞里斯多德提出的正確觀點是，牠可以在淡水與鹹水間悠游移動，而且牠的鰓異常地小，牠在夜間行動，白天多半躲藏在深水區。

但亞里斯多德之於鰻魚，也提出了許多荒誕古怪的主張。他以系統性的方法認眞觀察，但仍然無法眞正理解鰻魚。他寫道，鰻魚吃草與植物的根，有時甚至吃泥巴。他寫牠身上沒有鱗片，還說牠能存活七、八年，在陸地上可以活五、六天，如果是吹北風的季節，甚至可以活得更久。還有，前文已經提過，亞里斯多德斷言鰻魚沒有生物性別，牠們是從無到有出現在地球上。亞里斯多德指出，鰻魚最初的形體，其實是一種類似蛆的生物，有點像是蚯蚓，就這麼自發性出現在泥漿中，這種蟲體可以在海洋與河流生活，特別是有大量腐蝕植被的地方，牠更喜歡淺沼或海藻區，因爲那裡有陽光讓水更溫暖。「毫無疑問，就是這樣，」亞里斯多德寫道，就此結束他的討論。「關於鰻魚的繁殖講到這裡就夠了。」

¶

所有的知識來自經驗，這是亞里斯多德最初也最基本的見解。任何對生命的研究都必須來自實證，也得系統化。現實必須經過詳細的描述，畢竟它經過了人類感官的感知。首先必須確定「研究對象」；而後聚焦找出對象「究竟是何物」。直到所有事實蒐集完整，才有可能討論接近形而上的問題——對象「為何」是某種形體或模樣。這也是自亞里斯多德之後，學界對萬物理解的科學基礎。

但為什麼鰻魚輕易滑出亞里斯多德的手掌心？這個問題似乎難以回答。無論他多麼悉心研究鰻魚，他得出的結論如今看來都簡直是荒謬而不科學。所以鰻魚才如此獨特。科學界曾經遇過許多謎題，但卻不見如鰻之謎這般龐雜難解。鰻魚不僅不易觀察——因為生命週期很奇特、性情羞怯、變態階段繁複，加上洄游繁衍等等——牠們彷彿更刻意保持神祕。即使有可能近距離成功觀察，鰻魚似乎也努力閃躲迴避，有鑑於許多人花費大量時間想理解鰻魚，我們理當知道得更多。但至今我們仍對牠們一知半解，說穿了就是神祕得不得了。動物學家稱之為「鰻之謎」。

亞里斯多德或許是史上第一位留下完整記錄自己對鰻魚的誤解的人，但大家都知道，他可不是最後一位。鰻魚持續逃避人類對牠們的科學研究直至今日。好幾位傑出的研究者與業餘愛好人士，都曾經帶著不同程度的熱情想眞正瞭解鰻魚。自然科學史上有些最知名人士畢生都想解決鰻之謎，但全都徒勞無功。鰻魚總藏身在黑暗泥濘的角落，躲過人類知識的探求。講到鰻魚，就算是學富五車的學者在某種程度上也只能依賴信仰了。

往昔人們總將鰻與其他魚類分開討論。鰻魚因其外型、行爲、幾乎難以察覺的鱗片、看不見的鰓與離水生存的本事，自成一種生物。牠的不同足以使得許多人相信，牠其實就是水蛇或兩棲生物。荷馬似乎也認爲鰻魚不是魚。當阿基里斯在《伊里亞德》中殺死阿斯特羅帕約奧斯後，他「讓他躺在沙灘上，黑水流過他身軀，鰻魚與魚忙著囁啃他腎臟附近的脂肪。」到今天，人們仍然偶爾會問：鰻魚眞的是魚嗎？

對鰻魚基本天性的不確定，經常讓我們與牠們之間有一段距離。人類認爲鰻魚可怕噁心。牠們外表黏稠，滑行前進，看起來簡直就是一條蛇，而且聽說還會吃屍體；牠們鬼鬼祟祟地在暗夜泥沼中移動，對人類而言與外星生物無異，但卻又無所不在，湖泊河川甚至餐桌上都能看見它們。牠們是最熟悉的陌生人。

關於鰻魚長期以來爭論不休的一大疑點，就是牠的繁殖方式。直到上世紀我們才得以提出一個合理、卻又不算是決定性的結論。長期以來，許多人選擇相信亞里斯多德以及他的淤泥理論。還有其他人支持自然哲學家老普林尼的論點，這位科學家在西元七十九年死於維蘇威火山的劇烈爆發；他聲稱鰻魚靠摩擦岩石繁殖，因爲岩石能釋放牠體內的分子，這些分子則成了新的鰻魚。還有人相信希臘作家阿特納奧斯的說法，此人在西元三世紀時解釋鰻魚分泌的液體會沉入泥潭，衍生出新的生命。

其他或多或少想像力豐富的論點，在歷史上比比皆是，古埃及深信當陽光溫暖尼羅河水時，鰻魚便從無到有現身水底。歐洲各地也有人認爲，鰻魚出自海底腐蝕分解的植被，或是從死鰻魚腐爛的屍體孕育而成。也有人相信鰻魚來自浪花泡泡，也有一說法認爲當陽光落在某種覆蓋湖岸與河邊的露水時，鰻魚於焉誕生。流行捕鰻的英國鄉間，人人堅持鰻魚是馬兒的鬃毛掉入水中長出來的。

許多關於鰻魚身世的不同理論顯然圍繞著一個共同信念打轉：鰻魚從無到有、憑空出現。就某方面而言，這多少呼應了宇宙的誕生。蚊子出自塵埃，蒼蠅長在腐肉，鰻魚生於泥漿——這種論點通常被稱作「自然發生」，歷史上普遍常見，特別是在顯微鏡發明之前。簡單而言，人們只相信他們看得見的東西，所以如果你看著一塊腐肉，突然間有蟲子從肉裡面冒出來，但四下卻沒有觀察到任何蒼蠅飛舞或蒼蠅蛋，除了這些蟲憑空出現，又可能得出哪種結論？同樣地，從來沒人見過鰻魚繁殖，也沒有人發現鰻魚的生殖器官。

當然了，自然發生的論點源自於萬物與生命的肇始。假使生命確實有一個從無到有的開端（無論將其歸因於神之干預或其他因素），那麼自然發生的假說也就沒那麼怪誕荒謬了。

這一切「如何」發生，也有幾種方式解釋。《創世記》中提到「來自神的風」橫掃貧瘠荒涼的大地，不僅創造了光、大地以及植物，更創造了所有動物。古代一群被稱爲斯多葛流派的哲學家曾經提過「氣動」——也就是生命的氣息——即身體與靈魂賴以維生的氣與熱。其基本前提是相信非生物可以變成活生生的物體，生死事實上是相互依存，看來毫無生命的物體其實找得到生命的存在。在鰻魚無法被解釋或理解時，這種思維顯然垂手可得；於是，鰻魚就此成爲生命起源更深層奧祕的映像。

然而，鰻魚之所以特殊，是因爲在我們試圖理解牠們時，就某種程度上，我們仍被迫必須依賴信仰。我們可能認爲，我們清楚鰻魚的生命週期與繁衍過程——牠在馬尾藻海的長途跋涉、牠的變態、牠的耐心、牠重回繁殖地與死亡的經歷——但即使這些全部正確，大部分的內容仍屬假設。

人類從未見過鰻魚繁殖；沒有人目睹過鰻魚的受精過程；也沒有漁民能夠成功繁殖圈養的歐洲鰻。我們自認知道所有鰻魚都在馬尾藻海孵化，因爲那裡曾經發現最小的柳葉體，但是沒人知道爲什麼鰻魚堅持只在當地繁殖，沒有人知道牠承受多少長途旅行的嚴酷考驗，或者牠如何找路回家。人們認爲所有的鰻魚繁殖後不久就死亡，因爲繁殖季後，我們也沒發現任何活的成鰻，但話又說回來，人類從來就沒有機會在鰻魚的繁殖場觀察任何成鰻的活動，無論是生或死。換言之，人類未曾在馬尾藻海見過鰻魚，也無法完全理解鰻魚變態的目的，也沒人知道牠們能活多久。

也就是說，儘管在亞里斯多德時代的兩千多年後，鰻魚仍然是一大科學謎團，牠甚至已成爲某種形而上的象徵。就這麼巧，形而上學也可追溯至亞里斯多德（儘管此概念是在他死後才命名的）。它是哲學的一個分支，探討客觀之外或超越客觀，超越一切人們得以用感官觀察描述的現象。

形而上學不見得與神有關。而是試圖描述萬物的眞實本質，探究現實，聲稱存在本身與存在特性有所區別，也強調二者截然不同。鰻魚就是這樣。鰻魚存在。但牠是什麼，則是另一回事。

我也喜歡這樣想，如此一來，鰻魚將持續魅力無窮。因爲在知識與信仰的交叉口，在知識不盡然完整時，之間的空隙就會容許事實及神話想像共同加以塡補，這非常令人神迷。畢竟即使是信任科學、認定自然界必定有其規律者，有時也會想要爲未知留下一處小小的開放空間。

如果你也認爲就讓鰻魚好好當一條鰻魚，那麼在某種程度上，你也應當允許牠繼續保持神祕，至少，目前維持現狀就好。

¶

所以鰻魚依舊成謎。牠究竟是魚，或另成其他物種？牠如何繁殖？產卵或胎生？是無性繁殖？抑或雌雄同體？牠在哪裡出生？將哪裡視爲最後的葬身之地？在亞里斯多德之後的好幾百年以來，鰻魚成了眾多理論的主題，就算企圖理解，最終仍落得一頭霧水。中世紀時，有兩大理論特別流行，常被相提並論：一說鰻魚爲胎生，另一說則認爲鰻魚雌雄同體。

隨著十七世紀自然科學的復興，人們對鰻之謎的探求也越來越有條不紊。亞里斯多德的做法重新受到重視——尤其是他堅持必須系統化觀察大自然的論點——於是，我們對世界以及對鰻魚的看法徹底產生了變化。

然而即便如此，關於鰻魚的各種疑問要等到許久之後，答案才緩緩浮出檯面。亞里斯多德曾強烈質疑鰻魚爲胎生，但到了十七世紀卻有更多人持不同的看法。這個群體由英國作家艾塞・瓦頓領銜，此人在一六五三年出版了世上第一本與釣魚有關的暢銷書《完美釣手》。他在書中宣稱，鰻魚乃胎生無誤，但牠同時又是無性生物。幼鰻在成鰻體內無須受精就能發育。

接著，來自比薩的義大利醫生暨科學家弗朗切斯科・雷迪，發表了第一篇質疑自然發生論點的文章。一六六八年，雷迪在一次對蒼蠅的實驗中，展示出卵與受精是創造生命的必要條件。他總結所有的生命都源於卵。他也研究了鰻魚，並證實了在鰻魚體內發現的微小蟲體，儘管之前有人認爲這些是未出生的幼鰻，但其實牠們比較接近寄生蟲。雷迪寫道，鰻魚很有可能不是胎生，但他從未找到任何生殖器官或卵子，因此也無法對這種動物究竟如何繁殖給出明確的答案。

義大利帕多瓦大學的實驗桌便是在這種時空背景下，掀起了不小的波瀾。那是一七〇七年，有一個名叫桑卡・西尼的外科醫生前往參觀位於義大利東岸科馬基奧的一處鰻魚漁場。他無意間在當地發現一條肥美的大鰻魚，當下便有股衝動覺得自己一定得拿手術刀把牠剖開。在這條鰻魚體內，他發現了一些長得很像生殖器官的東西，還有一些類似卵的形體。

他將解剖好的鰻魚寄給他的朋友安東尼奧・瓦利斯內里，此人爲帕多瓦大學的自然史教授。瓦利斯內里向來誓死抗拒生命從無到有的理論，他看見這條鰻魚時興奮得不得了，他立刻把鰻魚送到波隆那大學，許多當時最傑出的科學家都在那裡工作。

科馬基奧大肥鰻爲鰻魚的繁殖議題注入了新氣息，有好一陣子，解決這一大謎團的工作成了啓蒙時代科學界認眞努力的核心。然而，這條鰻魚本身卻未如瓦里斯內里期盼的那樣大受好評。後來大家究竟發現了什麼？當然，那些物體看起來也許很像生殖器官和卵子，但又有誰能斷言它們眞的是呢？如果要做判斷，就需要系統性地觀察以及進一步研究；這條鰻魚沒有帶來啓發，反而引發了一連串激烈的學術爭論。知名解剖學家安東尼奧・瑪力亞・瓦爾薩爾瓦認爲，瓦利斯內里稱之爲生殖器官和卵子的那團東西，只不過是再普通不過的脂肪組織。還有人聲稱，可能是破裂的魚鰾。種種疑點讓這些科學家爭吵不休，一位叫佩德羅・莫利內利的教授甚至捐出獎金，想提供給任何可以找到鰻魚卵的人。後來他也眞的取得一個很有希望的樣本，結果才發現是一名漁夫爲了錢，用其他種類的魚卵塞滿那條可憐鰻魚的肚子。

於是，科馬基奧大肥鰻成了學界傳奇——但鰻之謎仍然沒有解套。牠體內發現的一切都沒有定論。在瑞典，卡爾・林奈於一七五八年爲歐洲鰻定下學名，也得出了一個或許更方便的結論：鰻魚可能眞的是胎生。

此時離瓦利斯內里的眞知灼見已經過了七十年，這是鰻之謎的再一次突破。在一次幾乎巧到不能再巧的實例中，另一條同樣在科馬基奧附近捕獲的鰻魚再次出現在波隆那大學的實驗桌上。這一次，這張桌子屬於卡洛・蒙迪尼，後來這位解剖學教授聲名大噪，他因爲解釋命名某種導致人類耳聾的耳朵畸形問題，而留名青史。蒙迪尼檢查了鰻魚，撰寫了一篇如今已經成了經典的文章，這是一條性成熟的雌鰻，有完整的生殖器官與卵子，這也是鰻魚首度經過精準科學的評估，有了相當完整的記載。據蒙迪尼表示，安東尼奧・瓦利斯內里七十年前寄給波隆那大學的科馬基奧大肥鰻被誤解了。他比較自己的發現與前輩的紀錄，如今更能確定，當年那條鰻魚體內被發現的器官，確實是破裂的魚鰾。但七十年後的這條雌鰻可是如假包換，牠有生殖器官，而且裡面小如水滴的物體也眞的是卵。

那是一七七七年，鰻之謎終於暫時有了答案，如果鰻魚擁有生殖器官，並且能製造卵子，至少能證明牠們並非自然發生。鰻魚在許多領域仍然疑雲重重，但如今至少針對某些問題而言，答案有一半是清楚了。蒙迪尼的發現使鰻魚和人類又親近了一點點。如今欠缺的，只剩下等式的後半部分了。

4 望進鰻魚的雙眼

父親喜歡釣鰻魚有幾個原因。我不知道哪一個是主因。

我確實知道的是，他喜歡走在溪流旁。他喜歡那彷彿充滿魔力、過度蔓生的大自然，潺潺流動的溪水、隨風擺動的柳樹，以及蝙蝠。那裡離他童年老家只有幾百公尺，那是一座小農場，有一棟主屋以及馬廄，一條狹窄的礫石小路沿著平緩斜坡往下就可以走到小溪。小時候父親就在這條小徑跑上跑下，有時候是去釣魚，要不就是游泳。小溪等同於他童年世界的邊界。他會躡手躡腳穿越水邊的高大草叢，一把抓住活老鼠，將牠放進口袋，帶回家在院子裡練習彈弓。冬天時，他會到結凍的溢流溜冰。夏天，當他跪在田裡，撿馬鈴薯或替甜菜除草時，甚至能聽見急流的水聲。

這條溪就是他的根，他熟悉的一切，他總會想要一直回歸。但悠游其間、偶爾對我們現身的鰻魚，代表的是截然不同的東西。牠們提醒我們，一個人能理解的事物是如此地少，無論對鰻魚或對其他人亦然，我們根本無從得知自己從何而來，又會往哪裡去。

我也知道父親喜歡吃鰻魚。夏天我們常常釣魚，他很樂意每星期吃好幾次鰻魚，通常熱愛搭配馬鈴薯以及融化的奶油。母親負責烹飪，將我們交給她的去皮去骨鰻魚切成大約八、九公分的小塊，用奶油炸得酥脆，撒上一些鹽巴與胡椒。我喜歡看她準備。每次她將魚放進熱鍋後，就會發生不可思議的事情。鰻魚塊開始移動，牠們在滾燙熱浪中抽搐，彷彿還殘留著些許生命。

我總是滿臉驚奇地站在母親身旁觀看。原本活生生的肉體已經死了，甚至被切成塊，竟然還能動！如果死亡等於無法動彈，那這條鰻魚眞的死了嗎？假使死亡能剝奪我們的感知感受，爲何鰻魚對鍋裡的熱度仍有反應？牠已經沒了心跳，卻仍蘊含著某種生命。當時的我，實在對生死界線百思不解。

後來，我在書上讀到章魚的八隻腳末端有數不盡的神經末梢。牠們的神經細胞比大腦細胞還要多得多，所以每隻腕足就等同於神經中樞，獨立於腦部中樞之外。這代表章魚的每隻腕足末端都有自行思考的大腦，可以自主行動。例如，章魚可以用腕足品嚐感知，某些種類的章魚甚至有感光細胞，因此可說還擁有某種程度的視覺。還有，切斷章魚一條腕足，那條腕足不僅能動，還能獨立行走。朝它丟一塊食物，它會立刻抓住，甚至試圖拿到它不再依附的頭部進食。

我也看過鰻魚有類似的行爲。我砍掉了一條鰻魚的頭，目睹牠剩餘的部位迅速溜走，似乎想要拯救自己。無頭鰻魚繼續移動了好幾分鐘。對鰻魚而言，死亡似乎只是相對的。

我只在必要時吃鰻魚，我不是可憐牠們的犧牲，只因爲我不喜歡牠的味道。油膩、略帶野味的口感讓我反胃。但父親很愛。他直接用手拿來大快朵頤，將骨頭啃得一乾二淨，甚至舔掉手上的油脂。「眞的很順口，太美味了，」他說。除了炸鰻魚，他也吃白煮鰻。同樣大小的鰻魚塊放進煮沸的鹽水裡，加上一堆香料與月桂葉。肉完全變白後，還會有一層浮油。我喜歡白煮鰻魚更甚於炸鰻魚。

但我倒不介意照顧我們抓回家的鰻魚。清晨我們從溪邊回來後，黑色水桶會裝了水與鰻魚。我們用乾淨的淡水將更大的水桶裝滿，把鰻魚挪過去，再讓牠們待上幾小時，有時是一整天。偶爾還會換水。

我常常跑到外面看看牠們。我母親經營一家日托中心，因此我家都是小朋友；

我也會帶他們到放水桶的車庫。我會戳戳鰻魚，讓牠們竄來竄去。我還會表演如何抓住牠們，只要將食指和中指固定在鰻魚身體兩側，拇指擺在下面像鉤子一樣就好。我一把撈起鰻魚，看著牠們扭動彎曲。牠們會在桶內完全靜止，彷彿死了或癱了，一旦我抓起其中一條，牠便會突然變得孔武有力，把我的手臂纏得死緊。結束之後，我全身都會沾滿鰻魚的黏液。所以我從來不讓其他小孩碰鰻魚。

黃昏來臨就是我們殺鰻魚的時刻，這是一場血腥殘酷的奇觀。父親抓起一條鰻魚，將牠放在桌上，拿起他的釣魚刀，刀尖直接刺穿牠的頭。此時鰻魚會激烈抽搐，身體緊繃，猶如一條大肌肉。等到牠稍微平靜，父親再拔出刀子，把鰻魚放在長約一公尺的砧板，然後拿一根十公分左右的長釘釘進牠的頭部，鰻魚就像被釘上了十字架。最後，父親用刀子俐落一刀剖開鰻魚，直至尾端。

「我們幫牠把睡衣脫下吧，」父親會這麼說，然後遞給我一把老虎鉗，我緊抓把手，以流暢的動作將鰻魚皮扯下。皮下呈淡藍色，色澤很像小朋友的睡衣，此時的鰻魚仍在緩緩地扭動。

我們切開鰻魚的身體，清理內臟、去頭，這樣就差不多了。如果是一條大鰻魚，我們偶爾還會替牠秤重，但一般而言，我們抓回家的鰻魚大小都差不多，介於四百五十克到九百克之間，粗細與體色則略有不同；有些非常蒼白，有些是深黃褐色，大致非常相似。在我們釣鰻魚的那段歲月，從來沒有抓過超過一公斤的大鰻魚，當然，對我們來說那已經是巨鰻了，我們知道甚至有重達三公斤以上的超級鰻魚，那是父親夢寐以求的大鰻魚。他曾經在報紙上讀到，有業餘漁夫到最後成了捕巨鰻的達人。

「那傢伙連續三天坐在溪邊等，」父親告訴我。「日以繼夜，就坐在原地，耐心等待。等上三天都沒動靜。突然間，快兩公斤的大鰻魚出現了！」

耐心，顯然是先決條件。你必須把自己的時間交給鰻魚，就說是與鰻魚的一種交易吧。

我們也嘗試了不同種類的誘餌。我們將冷凍蝦放上魚鉤，還用過肥嘟嘟的蛞蝓與甲蟲，沒有哪一種特別厲害。有一次我們在溪邊的草叢裡發現一隻肥美發光的死青蛙，也許是被我們不小心踩死的。父親將牠上了魚鉤，一把丟進水裡，結果第二天早上，青蛙不見了，魚鉤上什麼也沒有，我們重新用上蟲餌，繼續認真地投資時間。總有一天，大鰻魚會出現的。

結果鰻魚並沒有出現，而這一切只助長了鰻魚的神祕感。我想這是父親成爲捕鰻人的主因，他總是對我描述玻璃鰻、黃鰻與銀鰻，牠們如何改變形體，以及那些生活在狹窄黑暗的井底、比人類還長壽的鰻魚。他講述了牠們橫渡大西洋的長途跋涉，只爲了回到出生地，那是遠超出我的知識，令人難以想像的地方；還有，他說牠們利用月相導航，也許是靠太陽，而且每一條鰻魚總有某些莫測高深的原因，清楚自己該往哪裡前進。這份把握是打哪來的？怎麼會有任何生物，罔論其雄雌，對自己選擇的道路擁有如此堅定不移的信念？

父親口中的馬尾藻海，聽起來就像是一個奇妙的童話世界，那似乎就在天涯海角，地球的盡頭。我幻想著一片延伸好幾百公里的遼闊蒼海，轉瞬間化身爲生機盎然的海藻巨毯，鰻魚在其間悠游扭動，垂死時默默沉入海底，但同時，透明細小的柳葉幼體努力朝光線漂流，任隱形的洋流帶走自己。每次我們抓到一條鰻魚，我總會看進牠的雙眼，試圖捕捉牠曾經看見的風景。但牠們誰也沒有回視我的目光。

5 佛洛伊德與第里雅斯特港

你該如何深入瞭解鰻魚？或是深入認識一個人？原來，這兩個問題大有關聯。一八七六年時，年值十九歲的佛洛伊德勇敢收下兩千多年前亞里斯多德丟下的戰帖，之前許多人都嘗試挑戰它，全都鎩羽而歸。佛洛伊德注定將找到自然科學的聖杯：鰻魚睪丸。

佛洛伊德於一八五六年生於摩拉維亞的弗賴貝格（現在捷克共和國的普日博爾），但他在四歲前就搬到維也納。從小佛洛伊德就展露不平凡的智慧，他是優秀的學生，對文學有濃厚的興趣，語言天賦了得；十七歲時，佛洛伊德便進入維也納一所大學就讀。儘管是醫學系學生，但他也在知名教授卡爾・克勞斯的門下研習哲學、生理學與動物學。

克勞斯教授專精海洋動物學，是一個狂熱的達爾文主義者，也是甲殼動物的頂尖專家，如同領域的同儕，他對鰻魚也很有熱忱。他曾研究雌雄同體的動物，當時人們仍普遍認爲鰻魚爲其中之一，除了在維也納大學擔任教授外，克勞斯也是義大利第里雅斯特港海洋研究站站長。

十九世紀上半葉，揭露鰻之謎的行動一直處於休眠。蒙迪尼發現並提供雌鰻生殖器官的可信描述後，關於雄鰻器官的發現與鑒定似乎只是遲早罷了。一旦找到，鰻魚繁殖的棘手迷霧終能撥雲見日。

話雖如此，許多人對蒙迪尼的發現並不信服。其中有一名存疑者是義大利科學家拉扎羅・斯普蘭扎尼，此人最終會在歷史留名，成功推翻自然發生的理論。

斯普蘭扎尼親自前往科馬基奧調查蒙迪尼的研究，駁斥那根本「天馬行空」。當然，這攸關個人威望。這麼多大名鼎鼎的研究人員都想解釋描述鰻魚的生殖器官與方式，爲什麼一直沒有人成功？過了這麼多年，才出現一條有生殖器官與卵的鰻魚？爲什麼後來就沒有下文了？不，蒙迪尼的大肥鰻顯然太獨一無二，幾乎令人難以置信。而且，有時客觀概率遠不如人們意圖相信的事情重要。在科學界，本來就有不少人打心底不相信蒙迪尼那條大肥鰻。

有一陣子在德國，尋找鰻魚生殖器官的活動蔚爲風行。甚至有人提出五十馬克獎金，意圖獎勵人們找到有卵的鰻魚，引發德國全國媒體的熱烈討論。萬一找到了，鰻魚會被送往一位名叫魯道夫・維爾周的教授那裡，教授會對每一條鰻魚進行仔細的檢查；德國漁業局甚至同意支付郵資。社會輿論的宣傳再加上慷慨的獎金，讓大量的鰻魚被人們封箱郵寄。於是，來自德國各角落的數百條鰻魚塞爆了郵局——有的吃掉了一半、有的腐爛得不成形，或渾身爬滿寄生蟲，漁業局簡直快破產了。但是到頭來，仍然沒有發現任何帶卵性成熟的雌鰻。

到了一八二四年，德國解剖學教授馬丁・拉斯克終於發現並完整描述了一條擁有發育完全生殖器官的雌鰻。一八五〇年，拉斯克另外發現了一條帶著成熟卵子的雌鰻。事實證明，蒙迪尼可能一直是對的；他對生殖器官的描述呼應了拉斯克教授的發現，蒙迪尼的鰻魚卵子小得多，因爲尚未發育完全。

這條生物等式前半部分確認之後，接下來的第二部份，輪到神話般的睪丸上場，尋覓行動正式展開。但一開始的進度很慢。研究人員仍選擇相信鰻魚是雌雄同體。成熟雌鰻生殖器官附近發現的脂肪組織，事實上很有可能是雄性器官。不然這個謎團，怎麼可能這麼久以來都沒有任何合理的科學解釋呢？

外行人也傾向堅持比較夢幻的老式說法。一八六二年業餘研究員大衛・凱恩克羅斯出版了一本名爲《銀鰻起源》的書，他在書中復興了舊時西西里漁民的信仰，亦即鰻魚的最初表現型態其實是一隻甲蟲，而鰻魚得以在旱地與水中成功存活更佐助了這項理論。

一八七四年，在蒙迪尼的發現近百年之後，波蘭動物學家昔蒙・斯瑞吉宣布，他與同事在第里雅斯特港自然歷史博物館，終於發現了一條可能是成熟雄鰻魚的生物。在這條鰻魚的腹部，他找到了一個小型的葉狀器官，與蒙迪尼及拉斯克的描述不同。事實上，它或有可能是人們尋覓已久的鰻魚睪丸。但由於斯瑞吉無法充分描述器官，證明它眞能產生精液，因此仍然沒有什麼是確定的。科學界需要額外的觀察和佐證。

於是，在一八七六年三月，卡爾・克勞斯決定派遣一名年輕的學生從維也納大學前往他在第里雅斯特港的研究站。這就是爲什麼西蒙・佛洛伊德在十九歲時，突然發現自己身處地中海一處簡陋的實驗室裡，一隻手拿著刀，另一隻手則握著一條死鰻魚。

¶

十九歲的佛洛伊德年紀雖輕，卻有遠大的抱負。前一年他去了英國曼徹斯特，他非常喜歡那裡，甚至熱愛它的多雨氣候。他熱衷四處旅行，最重要的是，他更渴望花更多的時間在眞正的科學工作上，藉此瞭解學習更多，期盼自己有不一樣的發現，能更精準描述解釋萬物的道理。他喜歡實驗室，透過顯微鏡看到的一切毫無灰色地帶，非黑即白，再眞實也不過，沒有任何偏見或迷信。人類的所有知識都來自實驗室。他想像自己將畢生獻身科學，或許在英國，其他地方也行。他認眞考慮將餘生奉獻給自然科學、生物學或生理學，任何有形具體的事物就對了。在一八七六年的一張家庭照中，可以看見他站在中間，手放在母親艾瑪‧莉亞的椅背，他是兄弟姊妹中最高的，身穿三件式西裝，頭髮旁分，鬍鬚修剪得一絲不苟。他的雙眼直視著鏡頭，目光穩定，彷彿世界上沒有任何東西可以擾動他。

這位十九歲的男孩在一八七六年春天抵達第里雅斯特港，他雄心勃勃想解開鰻魚的奧祕，在科學史留下印記。第里雅斯特港位於亞得里亞海的東北角，當時隸屬奧匈帝國，是重要的大都市，擁有海軍基地和大型港口。自一八六七年蘇伊士運河完工後，它一直是通往亞洲的門戶。咖啡、米與香料在城市碼頭卸貨。船舶來自世界各地，人們也來自歐洲各處：義大利、奧地利、斯洛伐尼亞、德國與希臘。早在羅馬時代，第里雅斯特港就是會面點與朝聖地，眾多語言文化在此衝擊磨合。相較於弗賴伯格或維也納，它更能立即令人留下深刻的印象，是一座複雜多元又難以捉摸的城市。

所以，年輕的佛洛伊德在第里雅斯特港發現了什麼？其實我們知道的還不少，因爲他寫了好幾封信給他的童年好友愛德瓦・希柏斯坦，記錄自己的見聞經驗。他用西班牙文寫信——因爲兩人是在學西班牙語時認識的——討論城市、餐廳、商店與居民。有時他的文字選擇很奇特，或許是因爲西班牙文不是他的母語，但更有可能是朋友間的一種語言默契。

在三月二十八日第一封簡短的書信中，佛洛伊德寫道，第里雅斯特港是一個非常美的城市，而且「這裡的野獸也是最美的野獸。」佛洛伊德所說的「野獸」，就是女人。待在第里雅斯特港的最初幾天，這個城市的女人似乎最吸引他。他在許多信中都曾經寫過，他到第里雅斯特港第一天，眼中所見的每個女人都猶如「女神」。他詳細描述她們的外貌身材，說她們又高又瘦，鼻梁修長，眉毛黝黑，膚色白皙，有些女子刻意在額前留下一綹瀏海，看起來就像個誘人的鉤子。他走訪了鄰近的穆吉亞，提到當地婦女應該很多產，因為幾乎每一位女士都是孕婦，看來助產士不擔心沒工作了。他諷刺地推測，這些女性或許受到「海洋動物」的影響，終年都「果實累累」，甚至有可能同時生育。「這些問題，就必須由未來的生物學家回答了。」

他觀察描述女人的角度與科學家不無二致，但與此同時，他對她們非常陌生，他幾乎將她們視為不同的物種。佛洛伊德在第里雅斯特港沒有任何女性友人，不久後，他對城市的情緒與態度就變了。他在寫給希柏斯坦的信中開始表達對自己處境的失望，包括：那些吸引他的女子，有的很年輕，也有熟齡女子，她們讓他在情感上無所適從。他提到她們妝化得太濃，也說她們好像習慣看著窗外，與男人對視，面帶微笑；他語帶諷刺和抱怨，由於自己的工作，他不得不與她們保持距離。

稍後，他的語氣突然變了，他寫道，第里雅斯特港所有女人都「超級超級醜陋」。他似乎意識到自己滿腔澎湃的感情不如科學人冷漠又循規蹈矩，但那又是他渴望的職業走向。「既然我們不允許解剖人類，我往後也不會與她們有任何關係了。」他這麼寫，之前他曾經提到，第里雅斯特港連年輕女孩也化妝。

彷彿想要武裝自己，不受性的干擾，佛洛伊德專注在自己的工作上。他在實驗室有自己的房間，那裡離亞得里亞海很近。「走路只要走五秒，就能碰到最近的亞得里亞海的浪花。」他這樣告訴希柏斯坦，接著鉅細靡遺地描述他的工作場所：

我的小房間格局很怪，一個小窗戶，窗戶下就是我的工作檯，它的抽屜很多，桌面非常寬敞，另外還有一張放書的桌子以及其他輔助工具，三把椅子，幾個放有二十根試管的架子。不只如此，房門很大，打開後可以走到戶外。桌子左邊的角落是顯微鏡，右邊則放解剖盤，中間擺了四枝鉛筆以及一疊紙（我畫的那些畫很像漫畫，還很有價值喔），桌子前面則放了一排玻璃容器、平底鍋、碗，水槽則是那些小野獸或是海裡抓來的生物。或立或躺的試管之間，則是各種儀器、針頭、容器蓋、顯微鏡片，我忙著工作，連個擱手的地方都沒有。我每天都坐在這張桌子前從八點忙到十二點，下午則是一點開始六點結束，可說是非常勤奮認真呢。

每天早上，佛洛伊德出門去找漁民，大家帶著當天的漁獲到港口兜售——一籃籃裝滿肥美的亞得里亞海鰻魚的籃子——然後直接前往實驗室，著手工作。他對希柏斯坦解釋自己的任務對象，附上簡單的圖畫：

你是知道鰻魚的。長久以來，人們只認識雌鰻；連亞里斯多德都不知道雄鰻從何而來，所以才聲稱鰻魚是從泥巴裡竄出來的。中世紀以來，甚至到了我們當代，人們尋找雄鰻的狂熱不減反增。動物學中，我們拿不到什麼出生證明，生物行為——根據帕內特的理想模式——早在未被觀察前，便已經開始活動，於是我們根本說不準誰是雌鰻，誰是雄鰻，除非動物外型有明確的差異。而且，雌雄兩性間存在的差別也必須先經過證明，唯有解剖學家才可以這麼做（因為我們無法從鰻魚自己的紀錄得到答案）；解剖學家加以解剖後，發現睪丸或卵巢……最近第里雅斯特港有動物學家聲稱自己發現了睪丸，認定自己發現了雄鰻，但他顯然不知道何謂顯微鏡，所以未能提供它們的確切描述。

日復一日，佛洛伊德坐在實驗桌旁解剖鰻魚，透過顯微鏡觀察，一面做筆記，一面尋找謎團的答案。堅信一切一定會出現在顯微鏡下——這就是科學給人類的承諾，假使連顯微鏡都不能信任，那麼還有什麼是值得相信的呢？

但佛洛伊德沒有發現任何鰻魚睪丸，他越來越沮喪。每天晚上六點半，他散步穿過狹窄的巷弄，經過商店與餐館，走向大海，落日將海面變成了一面鏡子，萬物都躲在水面之下；他聽見碼頭工人講德語、斯洛伐尼亞語與義大利文，他聞到香料與咖啡的味道，他看著漁民收拾最後的漁獲，望著濃妝豔抹的女子朝廣場酒吧走去。他望著這一切……腦子裡全是鰻魚。

我的手被海洋生物的白色汁液及刺眼的鮮血沾汙了，我閉上眼睛時，只能看見發光的死亡組織，它不斷侵擾我，令我惡夢不斷，我所想到的只是那些最大的疑點，那些與睪丸卵巢有關的謎團——那最普遍卻又最關鍵的問題。

幾乎一個月的時間，佛洛伊德都坐在簡陋的實驗室，全神貫注於手邊單調又沒有結果的計劃，但最終，他必須承認自己失敗了。他沒有找到千里迢迢來到這裡尋找的答案：雄鰻的生殖器官及關於鰻魚的決定性解答。「我折磨自己與鰻魚，企圖發現雄鰻，但我解剖的所有鰻魚最後都證明是那更美的性別。」

這是年輕佛洛伊德的第一項科學任務，失敗是他的命運。幾個星期來，他站在實驗桌前，頑強堅持地解剖鰻魚，在牠們沒了生命的冰冷軀體中尋找生殖器官。度日如年，渾身瀰漫著死魚的惡臭、沾滿黏稠的鰻魚黏液，但怎麼樣就是找不到睪丸。佛洛伊德檢查了四百多條鰻魚，沒有一條是雄的。他知道該找哪個地方，也能描述那器官應該長什麼模樣，但即便如此，他一直沒有找到自己要找的東西。

在寫給愛德瓦希柏斯坦的一封信中，佛洛伊德畫了一條鰻魚。牠的嘴唇微微捲曲，彷彿在嘲弄。在同一封信中，他拿自己之前用來形容另一種截然不同卻一樣神祕的生物的詞語來形容鰻魚：「野獸。」

¶

所以，佛洛伊德在第里雅斯特港究竟找到了什麼？若真有所獲，那便可說是頓悟了某些深藏不露的真理。人與鰻亦然。因此我們可說，鰻魚也影響了現代的精神分析。

十九歲的佛洛伊德是有抱負的年輕科學家。他到第里雅斯特港想完成一份開創性的研究，就此解決幾世紀來讓學界最百思不解的疑問：鰻魚如何繁殖？在過程中，他最有收穫的，即是耐心加上系統性的觀察，才能有完美的研究成果，對他往後治療病人助益良多。

到第里雅斯特港時，他對科學有不可動搖的信念，他深信只要努力工作，必然有所回報。但鰻魚迫使他面對自己和科學的侷限。他在顯微鏡下沒有發現真相。鰻之謎仍未得到答覆。一年後，在他完成的報告中，不得不承認，關於鰻魚的性別和繁殖，最終仍然沒有結論。他的結語很實際：「我對葉狀器官的組織研究不允許我明確指出它們就是鰻魚睪丸，但我也沒有足夠的理由能否定它們。」

鰻魚騙過了佛洛伊德；或許這是他最終放棄純自然科學，轉而研究更複雜、無法量化的精神分析的原因之一。鰻魚唬弄佛洛伊德的方式特別諷刺：牠對他掩飾了自己的性別，畢竟此人最終為二十世紀的人類定位了性與性取向，遠比前人更深入探索人類的內在，卻連鰻魚的性器官都找不到。他到第里雅斯特港尋找鰻魚睪丸，反倒讓謎題越來越難解。他想瞭解一條魚的性別，結果，說穿了，反倒找到了自己的性取向。

諷刺還在於，佛洛伊德與水生生物的關係原本就已經有點複雜。早年佛洛伊德與名叫姬塞菈・弗盧斯的女孩的交往，有很多記載。一切開始於一八七一年，當時十五歲的佛洛伊德在弗賴伯格的姬塞菈家當了一段時間的房客。佛洛伊德被只有十二歲的姬塞菈吸引，在寫給許多朋友的信中（包括愛德瓦・希柏斯坦）不斷提到她是多麼美麗動人。這可能是他最初的性覺醒，但儘管如此，結局卻也慘淡沮喪。

幾年後，當姬塞菈另嫁他人時，佛洛伊德給她起了個綽號，叫她「錦鱗蜥魚」，這是與恐龍同期的某種史前水生爬行動物。

對佛洛伊德來說，這顯然是青少年文字遊戲的一種；弗盧斯有「河」或「水流」的意思，身爲弗盧斯家的一員，姬塞菈等於一種水怪，代表情感的壓抑，例如「性」，因爲它總是隱隱蟄伏在水面下，無法光明正大現身。佛洛伊德選擇史前水生生物爲她的綽號，可能也是在告訴自己，他當年在她身上感受到的那股難以抑遏的青春激情，如今已經屬於他的過去。他不會讓自己再次被任何人或任何東西引誘－直到那群第里雅斯特港「野獸」如他第一隻遇上的「錦鱗蜥魚」後代，出現在他眼前。

待過第里雅斯特港之後好幾年，佛洛伊德才能再次接觸性的議題，但他感興趣的是隱藏或壓抑的性。他的閹割焦慮理論出發點在於，人類年幼時便發展出對閹割的恐懼，害怕自己被剝奪他或她的性徵，就此變得毫無威脅力。四、五歲的男孩對母親無意識地會有性渴望，自覺必須與父親競爭。他們察覺自己的渴望受到威脅，也害怕因衝動而受到懲罰，同時感到羞恥自卑；這讓他們體認自己在世界的無足輕重，進而發展自我；隨著年紀漸長，他們對母親的渴望逐漸被對父親的認同取代。

根據佛洛伊德的說法，關鍵點就在於男孩意識到女人「沒有陰莖」，在他看見女人沒有男性器官的那一刻，頓時意識到自己以及他在世上的定位。

佛洛伊德的陽具羨妒與閹割焦慮相關，卻又涉及女性的性心理發展。他聲稱，女孩和男孩一樣，起初與母親關係緊密相連；但當她們首度發現自己沒有陰莖後，便開始疏離母親，被父親吸引。女孩認爲陽具象徵權力與行動。在她們學習自己在世界上的定位時，也發展出嫉妒心理與內疚，進而投射到母親身上。她們看出自己欠缺了什麼，知道自己沒有男性性器官，那一刻意識到自己的定位與侷限。

這些理論從首次提出之後，便受到許多不同學派理論的挑戰與抨擊。男性性器官，不管是擁有或欠缺，眞能成爲人類性心理發育的關鍵環節？這聽來有點荒唐，甚至可笑。這些理論來自不一樣的時代，源於不同的歷史背景，也規避了當下廣爲人們接受的科學方法。它們在被壓制隱蔽的範圍內運作。它們無法被系統化觀察、驗證或推翻。這些更不是能用顯微鏡觀察揭示的眞理。

然而，它們必然建立在某些經驗的基礎上。我們可以想像這位年輕的科學家屈身於第里雅斯特港一處擁擠的實驗室，他遠離家鄉，在陌生的城市，身穿實驗白袍，戴眼鏡，鬍子修剪整齊。他站在桌子前方，面對小窗戶，手裡拿著黏呼呼的死鰻魚。他正透過顯微鏡觀察，這動作他大概做了四百多次，透過鏡片，他看到的不只是鰻魚，也是他自己。

¶

儘管年輕的佛洛伊德努力想解決，但鰻魚的繁殖謎團仍然好一陣子沒有解答。一八七九年，德國海洋生物學家利奧波德・雅各比在給美國魚類與漁業委員會的一份報告中，語帶失落寫道：

對於一個不瞭解情況的人而言，這一切一定非常震撼，對科學家來說，甚至有點丟臉，畢竟，這種魚在世界許多地方比任何其他魚類都更常見……我們每天在市場和餐桌都能看見，牠們卻能夠睥睨現代科學的強大奧援，躲在暗處，成功掩飾自己的繁衍、誕生以及死亡，這團迷霧甚至到今天還沒有驅散。自從自然科學存在以來，鰻之謎一直揮之不去。

當然佛洛伊德和雅各比渾然不知的是，鰻魚在需要之前，完全不用性器官。牠的變態不僅僅是對新生命環境的表面適應。牠們其實是存在主義者。鰻魚在天時地利時，才成爲牠所需要的模樣。

在佛洛伊德的努力失敗後二十年，西西里島的墨西拿海岸終於發現了一條性成熟的雄銀鰻。於是，鰻魚終於成了魚。一個與其他物種沒啥差異的生物。

6 非法捕鰻

偶爾，我們會非法捕鰻。首先，這是方便性的問題。雖然狹窄的小路可能是正確的選擇，但有時寬闊的大道確實好走得多。由於爺爺奶奶的田鄰近那條溪，我們獲准在那裡釣魚，但只有在我們這一邊，也就是農舍的這一端，這裡寸步難行，到處都是又高又長的野草和陡峭泥濘的溪岸。在溪流的另一邊，景致截然不同；平坦的草地一路延伸到水岸邊。那一頭的捕魚權歸鎮上的釣魚俱樂部持有。

溪流的另一邊絕對是夢幻天堂，不僅看起來好走親人，也因爲它象徵了我們認爲極不公平的一切。週末時，釣魚俱樂部的成員可以站在平坦的陸地，身穿有很多口袋的草綠色運動夾克，拿起他們昂貴的飛繩釣竿，戴著可笑的小帽子，在頭上揮舞著閃耀光芒的粗釣線，試圖捕捉這條溪最頂級罕見的鮭魚。

我們從來沒有在這條溪見過鮭魚。至少不是活鮭魚。父親曾經發現一條巨大的死鮭魚。牠翻肚朝天，在水裡載浮載沉；他把牠帶回家。牠身軀腫脹，體重超過十公斤，而且臭味沖天。我們摀住口鼻欣賞完之後，就把牠埋了。

有一年夏天，父親買了一艘老舊的木船。他看見有人在報紙上兜售，就花了兩百克朗把它買回家；我們在草地上替它磨亮上漆，然後將它繫泊在急流上方的柳樹。有天晚上我們走近小溪時，父親提議我們划到對岸放餌。之前我從來沒想過可以這麼做，但突然間，這念頭再合理也不過。當時對岸沒人，而且，明明就是同一條溪，只能在這邊釣魚以及得以在對岸釣魚的差別，根本純屬空談。怎麼可以有人聲稱自己擁有稍縱即逝的水流支配權呢？

「但是，萬一火車來了，我們得趕快躲起來，」父親這樣警告我。平坦草地的堤壩上有一條鐵路，離我們所在地的幾百公尺正好有個彎道，然後繼續沿著溪流平行延伸，可以將這片原野一覽無遺。也許不巧就在今晚，會有個釣魚俱樂部的傢伙看見我們偷偷跑來釣魚，然後去按下警鈴，將我們當現行犯逮個正著。

我們划過對岸，將船停好；我既害怕又興奮。然後，我們拿起東西，沿著溪流往上走，一面討論這裡有多麼好走，現在這裡可不只是夢幻之地，我們的夢想成眞了，此處沒有高大潮濕的野草讓人舉步維艱，也不見泥濘濕滑的陸地讓人總會滑跤。

我告訴自己，到這裡釣魚是我們的道德義務。

不過我們設餌的速度比平常更快，一面還盯著鐵路看，準備一聽見列車從遠方接近就馬上逃跑。結果它眞的出現了，而且轉過彎道的速度比我想像中還要快；我們立刻關掉手電筒，趴到草地上。我緊緊貼著地面，努力讓自己消失在草叢間，摀住臉摒住呼吸。火車經過時地面震動彷彿雷鳴，草地被閃電般的車燈點亮，當下時間彷彿靜止了，我想像我們兩人已經完全隱形了，父親跟我趴在地上，雙手遮住臉，暫時停止呼吸。

現在回想起來，他可能是在笑。他才不怕被抓到——誰會在乎啊？他們又怎麼可能認出我們——但他是爲了我演這齣戲，讓這件事變得更驚險刺激。也許他是擔心我會厭倦這一切。

我不知道他何必擔心這一點——我最喜歡跟他一起釣魚了——但到現在，時間都過這麼久了，我才開始納悶，也許父親小時候從來沒釣過鰻魚。我本來以爲他一定有同樣的經驗，我向來認定他只是帶著我傳承先於我們父子就已經開始的家族傳統。他是在陪我，帶領我做別人曾經陪他做的事，在溪邊的黑夜便是超越歲月與世代的傳承延續，幾乎等同於某種儀式了。

但他確實從未與他父親（那個他稱作父親的人）釣過魚。我的爺爺（那個我稱作爺爺的人）不釣魚。他從來不做任何無用之事。他工作完就休息，吃飯速度很快，一言不語。他滴酒不沾，厭惡任何種類的酒精；據我所知，他這輩子從來沒有一天請假不工作，從來不去旅行，也不曾出過國。把時間精力浪費在釣鰻魚這種輕浮的活動，完全不是他的作風。這與耐心無關，這是義務的問題。狹窄的小路在不同的人眼中看起來，風景也截然不同。

也許父親獨自釣魚，或者是跟別人釣過魚，如果眞是如此，我倒是完全沒聽過。我記得父親告訴我，很久以前這條溪曾經有多少的魚，鰻魚如何在溪底攢動，水面如何在鮭魚春天逆流而上時，泛著銀色的光芒。但這些不是他的親身經歷；這都是他出生前的故事，他從別人那裡聽來的。他那些捕鰻或丟了鰻魚的故事，我全都知道，因爲我就跟他在一起。他的故事就是我的故事。彷彿在我們之前，什麼都不曾存在。

眞是如此嗎？一切從我們才開始嗎？如果眞是這樣，是不是因爲那位他稱父親，而我稱爺爺的人，其實原本應該是另一個男人？我們那些捕鰻魚之夜是企圖彌補父親從沒有過的回憶，因爲他只想努力實現他認爲父子間該有的互動？他是否想藉此鋪好自己人生該走的那條狹窄小路呢？

7 發現鰻魚繁殖場的丹麥人

爲了瞭解鰻魚，這條路你會走多遠？或者試問，如果是爲了瞭解某個人呢？約翰納・施密特在一九〇四年登上蒸氣船「索爾號」時才二十七歲，爲了出發尋找鰻魚，他直到二十年後才抵達目的地。任務達成後幾年，英國海洋生物學家華特・戈斯登寫了一首頌詞獻給施密特，詩最終收錄在他的一本詩集，內容可能是史上唯一記載各種動物幼體階段的作品《幼蟲的形式，以及其他動物之詩》。

所有榮耀歸功於解決這古老謎團的丹麥人，
他們一步接一步，一年又一年，揭示歷史：
約翰納・施密特帶頭，
「老爹」彼得森跟隨在後，
讓「索爾」與「達娜」成為

名聞人類世界的船舶。

自從佛洛伊德在第里雅斯特港尋覓睪丸未果後，人類在認識鰻魚生平的這段頑強旅程中發生了很多事。丹麥海洋生物學家C.G.彼得森，一八九〇年代成功觀察到鰻魚的最後變態階段，也提出所有鰻魚應該都是在大海繁殖的。我們知道，就連亞里斯多德也注意到成熟鰻魚有時會遷徙到大海，十七世紀時，雷迪也提到玻璃鰻出現在沿岸，然後一路悠晃到河川。但彼得森能夠更詳細地描述過程。更特別的是，他觀察到黃鰻演變成銀鰻的過程。在那之前，很多人不相信二者屬於同一物種。彼得森證明牠們其實是同一條魚。他發現銀鰻的消化器官萎縮，停止進食，接下來生殖器官開始發育，鰭與雙眼也起了變化。這轉化的過程顯然就是鰻魚準備繁殖的步驟之一。

一八九六年，兩名義大利研究員喬瓦‧尼巴蒂斯塔‧格拉西與學生薩爾瓦托‧卡蘭德魯喬，也解釋了鰻魚的第一次變態。他們對在地中海捕獲的玻璃鰻進行了大規模的解剖研究比較，最終得出了結論：形狀如柳葉的小生物，就叫做「柳葉鰻」，這一定就是歐洲鰻最初的型態。這種幼體曾經被認爲是單一物種，如今很明顯地牠們就是鰻魚。不僅如此，格拉西與卡蘭德魯喬也是頭幾位見證這種變態的人，他們在西西里島墨西拿的水族館裡，親眼看見一片小柳葉就這麼變成了一條玻璃鰻。

這是個聳動的發現。「我一面反思亞里斯多德時代起就讓自然學家難以釋懷的謎團，更感覺拙作的簡短摘錄根本不值得提交給倫敦皇家學會。」格拉西在一份最後刊登在頂尖科學期刊《倫敦皇家學會報告》的文章如此寫道。在內文裡，格拉西指出，證明爲鰻魚第一階段的幼體其實雙眼相對較大，或許是在深海孵化，他更建議，地點很有可能是在地中海。

二十世紀初，人們已經知道黃鰻最終會成爲性成熟的銀鰻，在秋天洄游大海，就此不回頭。學界也知道柳葉鰻會變成好吃的迷你玻璃鰻，春季時出現在歐洲沿岸，尋找可以長成黃鰻的最佳地點。但這中間的過程是什麼？又是在哪裡發生的？

一九〇一年德國動物學家卡爾・艾根曼在科羅拉多的丹佛市對美國顯微學會發表演說時，題目是「鰻之謎的解答」。內容與字面意思無關，因爲他仍然無法徹底解答鰻之謎。他反而引用了學界的老生常談，反正「所有重要的問題現在都已經有了答案，除了鰻魚。」但艾根曼也解釋，如今問題已經轉了風向，從前大家都在懷疑鰻魚的眞實身分，不知道牠究竟是魚還是其他生物。過去的重點在於牠的繁殖過程——人人都忙著尋找牠的生殖器官，懷疑鰻魚胎生或卵生，或甚至雌雄同體——以及牠們的各個變態階段究竟有何意義。

但如今，在迎接新世紀來臨時，鰻之謎是這樣的：成鰻回到大海後，都在做些什麼？牠們何時何地繁殖？最後又在哪裡嚥氣？

¶

所以，銀鰻究竟去了哪裡？神祕的柳葉幼體又是從何而來？鰻魚都在哪裡出生？二十七歲的施密特在一九〇四年春天便是爲了這些疑問出發尋覓。

施密特是丹麥海洋生物學家。人生頭幾年，他住在哥本哈根北邊約五十公里的北西蘭，他父親負責管理當地的耶厄斯普里斯城堡，一家人住在城堡區的一棟小紅磚房。他在溫馨、保護良好的家庭環境長大，四周是美麗的森林與大自然，遠離城市及科學界，離馬尾藻海甚至更遠。

然而，年僅七歲的施密特失去了父親，他、他的母親以及兩個年幼的弟弟，突然被迫搬到哥本哈根的韋斯特柏大街，這是城裡最熱鬧的街道，他面臨截然不同的人生，四周人們形形色色，這對施密特的心理層面與現實生活產生重大的衝擊。嘉士伯啤酒廠離他的新家只有幾百公尺遠，離施密特的舅舅約漢・凱耶達爾更近，他舅舅在嘉士伯的研究實驗室擔任化學家，最終施密特會在此處開始自己的科學生涯。

七歲的施密特隨家人搬到哥本哈根那一年，聞名全球的化學家巴斯德訪問了哥本哈根。巴斯德當時已經研發出一種保護食物免受細菌與微生物侵害的方法：以他命名的巴斯德氏殺菌法，對啤酒釀造業助益良多。當巴斯德到哥本哈根時，受邀參觀嘉士伯啤酒廠，老闆 J.C. 雅各森對這位偉大科學家的成就大爲讚嘆，當下決定重金投資，打造一座先進的研究實驗室。除了釀造啤酒外，嘉士伯啤酒廠對研究各種現代化精良技術不遺餘力。它不只投入啤酒釀造與食品保存，同時也進行許多突破性的基本生物學與自然科學研究，這決定讓嘉士伯酒廠在業界舉足輕重，同時也是業界最成功的表率。嘉士伯在幾年內逐漸從一家小型家族企業啤酒廠，搖身成爲全

¶

「普通鰻魚或淡水鰻的繁衍問題，自古以來就是一大疑問，」施密特在寫給倫敦皇家學會的一份報告中這麼寫道，「從亞里斯多德時期，自然學家就心心念念鰻之謎，在歐洲某些地區，大眾對牠的想像更是無限豐富。」

他寫「某些地區」，因爲又有誰能確定繁殖場只有一處呢？這引人入勝的謎團，幾百年來迷惑著許多科學家，如今他也一腳踏進這誘人的圈套了。

「我們知道老鰻魚從我們眼前進入大海，大海再回贈我們數不清的精靈幼鰻。但這些老鰻魚去了哪裡，精靈幼鰻又來自何處？有沒有其他更年輕的階段，早於透明『精靈』之前？正是這些問題建構了『鰻之謎』。」

具體而言，鰻之謎有一方面特別令施密特困擾。他的義大利前輩格拉西和卡蘭德魯喬曾提出鰻魚族群，或者至少是義大利鰻，就是在地中海繁殖，因爲那是他們唯一發現柳葉鰻的地點。但與此同時，在地中海捕獲的幼體體型不小，大約六到八公分長，很明顯不是剛孵化的幼體，爲什麼沒人發現比較小的樣本？

早在一九〇四年五月，完全出於巧合，也在他正式成行之前，施密特在法羅群島以西的海域抓到了柳葉幼體。牠的長度也不算小，大約七公分長，這也是人類第一次在地中海以外的區域看見鰻魚幼體，這讓施密特深信格拉西和卡蘭德魯喬有可能弄錯了鰻魚的繁殖地。施密特也意識到，爲了解開謎團，他必須追蹤鰻魚的來源，尋找體型更小的幼體，直到在浩瀚無垠的海洋某處，讓他發現了新近孵化的柳葉幼體，進而找到鰻魚的誕生地。這確實是大海撈針無誤。

「當時，我並不瞭解這項任務的艱鉅，無論是最必要的觀察或是詮釋。」施密特後來寫道。從後來的發展看來，他這麼說也實在是太輕描淡寫了。

一九〇四到一九一一年間，施密特耐心地搭著一艘拖網船來回航行於歐洲沿岸：穿越冰島海域，往北到了法羅群島，橫渡挪威丹麥之間的北海，往南則沿著歐洲大陸的大西洋海岸，經過摩洛哥與加納利群島，同時深入地中海，直抵埃及海岸。他發現了許多柳葉鰻，但牠們的大小都與他最早曾經捕獲的相當，大約介於六到八公分之間。

經過七年多的搜尋，他仍然原地踏步，他的內心感到沮喪低落。「我們發現這項任務難度一年比一年高，到了我們做夢也想不到的地步。」他寫道。「而且因為我們缺乏合適的船隻設備以及資金短缺，一切更是雪上加霜；眞的，要不是來自各方不同的私人募款，我們應該早就放棄這項任務了。」

他自認至少有一個結論是可以確定的：由於他在歐洲沿岸發現的幼體尺寸相對較大，而且並非新近孵化，所以他發現鰻魚很可能不在海岸附近繁殖，這表示他的搜尋之旅得更朝外海拓展。因此，「索爾號」早已不敷使用；施密特有幸得到從事大西洋航線的幾間丹麥船運公司援助，在商船裝備了漁網與相關指引，在一九一一到一九一四年間，共有二十三艘大型貨輪參與尋找透明幼體。船員沒有科學訓練，只有施密特給他們的拖網，但他們奉令一路拖著拖網前進，標記上錨處，並將漁獲送到丹麥的實驗室。商船隊總共記錄了五百多次漁獲，囊括了大西洋北部海域的大片地區。

一九一三年夏天，施密特登上一家丹麥公司借他的雙桅縱帆船「瑪格雷特號」，從法羅群島一路巡航到亞速爾群島，再往西朝紐芬蘭島，然後直往南邊的加勒比海前進。

積極搜索眞的有了結果。沒多久施密特便發現，在他向西移動時，鰻魚幼體數量變多，但體型相對也變小。施密特曾經在佛羅里達與西非之間，也就是橫渡大西洋的半途捕獲了一條三公分出頭的幼體，這是全新的紀錄，再往西推進時，他更發現了一條一點七公分左右的樣本。

施密特從自己的探險及其他奧援船隊那蒐集得來柳葉鰻，在顯微鏡下仔細觀察量測，鉅細靡遺記錄下長度與數量，以及捕撈時的海底深度、日期、經緯度。儘管進度緩慢，但可以肯定的是，施密特建立了大規模的資料庫，就這樣在不知不覺中，朝著自己的目標穩健前進。他已經找出小柳葉幼體在大西洋的活動與強大洋流間的關聯。此外，還另有其他意外的發現。

當時人們已經知道，在美洲大陸上溯到河川與其他水路的鰻魚與歐洲鰻不同種。二者外型幾乎完全一樣，也經過同樣的變態，但彼此仍是同科不同種。唯一的差異在於，歐洲鰻比美洲鰻多了幾根脊椎骨。

施密特的任務當然還是找到歐洲鰻的出生地，但在他往西前行時，卻發現自己捕獲的柳葉幼體中，有越來越多屬於美洲鰻。這讓他有點存疑。除了測量與記數，如今他還得分類每一個標本。茫茫大海上，身處一艘隨著浪起浪落擺動不定的船，他必須將每一片小得不能再小的柳葉幼體放在顯微鏡下，努力數清牠背部的肌纖維；這些肌纖維與成鰻的脊椎骨數目相互對應，藉此確定柳葉幼體隸屬哪個物種，接著描繪圖表，記錄牠們最常出現的區域。他發現在大西洋西側，歐洲鰻與美洲鰻混雜成群，柳葉幼體們似乎無力抵禦洋流的衝擊，也被同樣的拖網捕撈。邏輯上推論，歐、美兩地的鰻魚不僅幾乎完全相同，也在同一地點繁殖。

如果是這樣——施密特如果找到歐洲鰻的出生地，也等於找到了美洲鰻的出生地——那就只剩下一個謎了：牠們如何知道彼此是哪個物種？飄洋過海，橫渡大西洋的小柳葉幼體們，怎麼知道自己該去哪裡？顯然，施密特寫道，兩種鰻魚的柳葉幼體一起在墨西哥灣流旅行，但在特定的某一個時刻，兩者分道揚鑣；美洲幼體往西遠颺，成了玻璃鰻，往上溯游美洲大陸的水道。同時，歐洲幼鰻們朝東前進。「西大西洋的這一大群鰻魚幼體，」施密特寫道，「又是如何分隊前進，知道誰是歐洲鰻，該往歐洲走；誰又是美洲鰻，別的地方不能去，就得朝美洲陸地與西印度群島出發呢？」

他的結論是，儘管不同類型的柳葉幼體外型相似，卻從出生起便內建某種程式，知道自己要朝不一樣的目的地前進。簡單而言，美洲鰻比牠們的歐洲表親長得快，表示牠們有足夠體力在經過美洲海岸時突破強大的洋流，而不是朝歐陸漂移。美洲鰻幼體僅一年就能完成第一次變態成爲玻璃鰻，歐洲鰻則任洋流隨波逐流，等上三年才能變成玻璃鰻。

這就是鰻魚的獨特之處，施密特堅持。重點不在於牠的變態，也不是因爲成熟的銀鰻懂得重回大海，橫渡汪洋繁殖。

「鰻魚不同於其他魚類的獨特點，甚至遠超越其他動物的特質，就是它們在幼體階段就能長途跋涉，完成不可能的遠洋旅行。」

¶

一九一四年春天，施密特已經距離目標越來越近。鰻魚的誕生地已經觸手可及；所有的觀察都指向同一個方向；現在需要的只是更多的探險。科學方法——實證、經驗、系統化觀測——經過十年看似無望的摸索，如今似乎就要水到渠成。眞相很快就要在施密特的顯微鏡下揭露。一九一四年五月，他發現了兩條七公釐左右的鰻魚幼體。

好巧不巧，就在此時，世俗雜事突然擋住了他的研究之路。首先，在加勒比海的聖・湯瑪斯島附近，擱淺的「瑪格雷特號」沉了。所幸他收集的標本還能打撈上岸，但是，施密特寫道，「我們就困在聖・湯瑪斯，沒船可搭。目前唯一得做的就是，努力督促商船做好他們的分內工作。」

沒多久，一九一四年七月，第一次世界大戰爆發。突然間，大西洋不再只是鰻魚繁殖的神祕地點，它成了大型的戰區。潛艇四處巡航，威脅任何膽敢冒險出海的船隻；幾艘參與施密特計劃的商船被擊沉；在海上航行尋找透明的小柳葉幼體不再只是渺茫的任務，更是危險重重。

長達五年時間，施密特坐在自己的斗室，等待世界大國無謂無理的衝突結束，期盼自己能盡快恢復急迫的任務。等待期間，他研究自己蒐集的資料，爲標本拍照編目，繪製表格圖表。他快等不及了，因爲他已經知道自己「戰爭一結束」後要做些什麼。

一九二〇年，當歐洲大部分地區仍奄奄一息，百廢待舉時，施密特已經再次啓航。在這段非自願的休息期間，他確保自己的裝備比之前更精良。透過哥本哈根的寶隆洋行，他取得了四桅帆船「達娜號」，配備了各種必要的科學設備。最重要的是，現在他知道該往哪裡去找了。

一九二〇至一九二一年間，「達娜號」在西大西洋捕獲六千多條柳葉鰻。施密特更得以繪製一張詳細的地圖，說明自己在哪裡發現最小型的標本。這些樣本的尺寸如此之迷你，施密特寫道，「毫無疑問……卵就是在這些地方孵化的。」

¶

人尋找某件事物的起源時，同時也在追溯自己的根源。這說法合理嗎？施密特也是這樣嗎？他只留下七歲之前對父親的模糊記憶，童年時，是否也曾釣過鰻魚？他有沒有手握著鰻魚，設法想望牠雙眼的經驗？一九〇一年，就在他踏上第一次尋鰻之旅的幾年前，他的舅舅約翰・凱耶達爾溺水身亡。一九〇六年，當他還在歐洲沿岸航行時，他的母親也去世了。那位一路往西航行，駛向未知遼闊汪洋的年輕人，他與自己根源的所有連結已經全都被切斷了。

這一切追尋對他眞正的意義爲何，已經不可考了。就他的背景，或者至少在我們理解之中，幾乎沒有人能全然解釋他爲何要花畢生時間精力尋找鰻魚的出生地。當然，他是追求完美的科學家。人們描述他效率超高：他觀察、描述，並試圖全盤理解；而且似乎很少被「爲什麼」這三個字所困擾。他以實事求是的角度看待世界及自己的地位。他的書信與研究報告往往直言不諱，語氣客氣有禮。照片中的他看來熱情友善，總是穿著三件式西裝，打個領結。據說他熱愛動物，特別愛狗。但他的動機仍是難以挖掘的祕密。他在安逸的中產階級環境長大，從小就在科學界怡然自得。娶了英格玻後，從此成爲哥本哈根上流社會的一員。他原可以選擇更輕鬆舒適的人生。就平凡人衡量成功的標準——財富、身分、地位——他的探險旅程顯然會讓他失去的比得到的還要多。然而，他從未質疑自己在一望無際的大西洋漂流近二十年的成效，而且一切只爲了尋找那微小又近乎透明的柳葉幼體。

坦白說，施密特是被鰻之謎迷惑了，一直以來，他朝思暮想就是歐洲鰻的繁殖地、牠誕生與死亡的過程。「我認爲，」他寫道，「鰻魚的生命史已經超越動物界所有的物種。」

有些人一旦決心找到激發自己好奇心的問題答案，有可能一輩子不願放棄，他們激進認眞，不找到答案不善罷甘休，時間無論多久也在所不惜，不管自己在這條路上會多麼孤獨，或者希望是多麼渺茫。正如登上「亞果號」想尋找金羊毛的傑森。

也有可能這群意圖解答鰻之謎的人們是因爲另個原因而變得如此頑強固執，打算堅持到底。我對鰻魚瞭解越多，越清楚爲了取得相關知識，人類歷史上耗費的巨大成本，也更傾向於相信這就是事實：這謎團之所以吸引大家，是因爲它彷彿似曾相識。鰻魚的起源及其漫長旅途，雖然奇特懸疑，卻能讓人類心有戚戚焉，甚至進而認同：牠爲了離家，長時間在茫茫大海隨波逐流，可是到了生命的某個階段，卻又爲了回歸家鄉，奮不顧身、努力跋涉，踏上更遙遠艱困的旅程——這與人們落葉歸根之前，生命必須經歷的一切起伏再神似也不過了。

馬尾藻海是世界的盡頭，但也是一切的起源。這就是最大的眞相。就連我父親跟我在八月下旬從溪裡釣上岸的淡黃色鰻魚，原本也曾經是小小的柳葉幼體，在一處如奇異童話般的水域漂泊了兩千四百多公里。當我抓著牠們，設法望進牠們的雙眼，就是我離超越已知宇宙極限事物的最近距離。鰻魚的謎因此扣人心弦，鰻魚的奧秘呼應著那些人類世界始終迴盪著的相同疑問：我是誰？我來自何方？我要前往何處？

施密特就是這樣想的嗎？

也許吧，但也很有可能上述完全不在他的考量範圍。他勇敢接受挑戰，決意徹底執行，同時提出自己的質疑——鰻魚在哪裡出生？——他的做法彷彿自有動力，如一個個觸發的連續動作：他抓到微小的透明柳葉幼體，接下來每一次的標本都比前者更小，於是，旋轉門不斷轉動，如此而已。

而鰻魚，在他橫渡大西洋時，牠們就在他下方，一直以來都在那裡，細小的柳葉幼體在洋流中朝同一個方向漂動，肥美成熟的銀鰻則堅持朝馬尾藻海前進，方向與柳葉幼體完全相反。年復一年，牠們繼續自己的神祕之旅，遠離家鄉，而後再次回歸，完全不受世界大戰與人類好奇心的侵擾。早在施密特啓航之前，早在亞里斯多德看到他的第一條鰻魚並試圖理解牠之前，早在第一個人類踏上陸地之前。鰻魚才不在乎什麼謎不謎，何必？對牠們而言，這從來就不是問題。

¶

一九二三年，施密特耗費二十年嘔心瀝血認真撰寫的研究報告，終於刊登在《倫敦皇家學會自然科學會報》。他在一份地圖上，大膽界定出鰻魚的產卵區域。這個橢圓形囊括的範圍，幾乎完全就是我們今日知道的馬尾藻海域。

「在秋天的幾個月裡，」他總結，「銀鰻離開湖泊和河流，遁入大海。一旦過了淡水區，歐洲大部分地區的鰻魚就游出了我們的觀察範圍。再也不用被人類盯著瞧，從歐陸最偏遠角落出發的大批鰻魚紛紛橫渡大海，朝西南方前進，這是牠們數不盡的前幾代祖先曾經走過的旅程。這趟旅程會持續多久，我們無從得知，但如今我們知道目的地在哪裡：位於西大西洋，西印度群島北北東方向的特定區域，那裡就是鰻魚的繁殖地。」

所以我們如今知道——至少帶著某種程度的確定——鰻魚在何處繁殖。一切的知識都來自施密特的研究。我們還不瞭解的是「爲什麼」。爲什麼是那裡？這段漫長且看似無望的跋涉，所有的考驗與變態，這一切到底意義爲何？馬尾藻海對鰻魚來說，究竟有何吸引力？

施密特可能會回答，這些問題全都無關緊要。重要的是眼前的事實眞切存在。世界原本就是個充滿矛盾與困惑的荒誕之地；唯有抱持目標者，最終才有本事找到所謂的意義。人們只要覺得鰻魚過得很快樂就夠了。

我們也該這麼看待施密特的人生。一九三〇年，倫敦皇家學會授予他最高榮譽達爾文獎章。就這樣，他目標完成，故事結束了。三年後，流感奪走了他的性命。

8 逆流而上

七、八月是主要捕鰻季。在仲夏之前，不用大費周章麻煩自己。「仲夏前釣鰻魚沒有意義，」父親這麼說過。「天色太亮了，鰻魚不會上鉤，天色要更暗才行。」

他提過很多次鰻魚與黑暗的關聯，所謂的鰻魚「黑暗期」：暗夜時四下一片漆黑混濁，就是鰻魚最大膽活躍的時刻，或出於對冒險的渴望，或憑著一股蠻勇，牠們就這麼將自己的行蹤暴露給人類。

但當然，他搞錯了。或者，也許他選擇相信自己看見的眞理，因爲這讓人生輕鬆多了。

鰻魚「黑暗期」眞有其根源，一切都在夏末時，時間會持續幾個月。此時銀鰻展開旅程前往馬尾藻海，因此捕鰻人會在沿岸設下陷阱，期待豐收。但我家所謂的「黑暗期」則是不一樣的時間，通常是父親夏天休假時，他晚上可以到溪邊捕鰻，不在床上睡覺。

他一輩子都在工作，從我有印象以來，或甚至在那之前，他就已經是鋪路工了。他每天早上六點起床，喝咖啡，吃三明治，七點前上工。他隸屬一個工作團隊，時間相對自由彈性，彷彿一條沒有枷鎖的鏈條——大家平日就是到處鋪路、修路整路。這工作極其繁重，又熱又臭；得有人開重型機具將瀝青鋪在平坦的道路上，另外還有人得持著鐵鏟或耙子跟在後面，走在焦油煙灰之中整地。他們算是接案工，所以每走一步、每鏟一把，就能賺進一克朗。大夥七點上工，中午在工寮休息吃午餐喝咖啡吃三明治，然後又幹活到四點，除非當天工作量特別重，那他們就得加班了。

他通常四點半左右回家，脫掉骯髒的工作服，直接上床睡覺。他滿身大汗，又熱又累，你可以進去他的房間，但他不會說太多話。「讓我休息一下。」有時他只是打打瞌睡，但三十分鐘後，他就會起來吃晚飯，全家一起度過夜晚。

這工作對他來說不僅是職業，更是他人生不可或缺的一部分；它讓他精疲力竭，卻也造就了他堅韌頑強的性格，無論是他的外型或膚色，都與它脫不了關係。他非常強壯，身高不高，但肌肉發達，頸脖粗壯。他的上臂有力堅硬；我用兩隻手都包不起來。夏天時他會赤裸著上身工作，皮膚曬得很黑，看起來就像黑鏽，他的前臂有個褪色的刺青，是個簡單的船錨，幾乎快消失了。（他還是個小鬼時就刺青了，說是在哥本哈根的奈海喝醉迷路時刺的，爲何選了船錨的圖案連他自己都搞不清楚，畢竟他從未出過海。）他的手掌厚實沉重，皮膚粗糙。他有一隻小指頭不見了；因爲它斷了好幾次，整根手指僵硬得如同獰笑的嘴唇，也像一根超大的利爪。他請醫生把它截斷，醫生答應了。

他工作了好幾十年，這一點在他身上表露無疑。他每天搬運、鏟起和鋪平的溫熱瀝青，彷彿早已滲進他的皮膚。即使梳洗完畢，換了衣服之後，他仍然散發著濃重的柏油味。這是工人階級的標誌。

我們開車出門時，他會指著一條鋪好的街道說，「這是我鋪的。」他喜歡自己的工作，如果追問，他幾乎會承認自己做得最好。他的職業自豪感彷彿與生俱來——知道自己擅長沒多少人能幹的差事，而且清楚自己創造的事物讓他人重視，更何況那東西還能永續長存。

但他對自己的認同不只是一個鋪路工。職業只是個名詞。當他談到自己時，他稱自己是「勞工」，這是他自認的核心價值與概念。當然，這似乎也從來不是個選項，因爲他從出生起就是勞工，這是他繼承而來的身分，他身爲勞工，因爲比他強大的東西爲他選擇了這種人生。他人生的道路早就有人替他預備好了。

如果那是他繼承的，我繼承的又是什麼？也許就是世代傳承時，那幾乎難以察覺的細微事物——從未說出口，卻一直存在的鼓勵與期待：不，並不是每一扇門都替你打開了，而且，人生或許比你想像得還要短，但是，當然了，你想怎麼嘗試都可以，那是你的自由。

¶

暑假時，我們會趁天色還亮，早一點走到溪邊。那時間在水面俯衝猛撲入溪裡的不是蝙蝠，而是燕子；從遠處看，幾乎都一樣，但移動方式不同。陽光在溪流間閃閃發亮，碩高的野草在微風中輕拂。

一天傍晚，我們站在柳樹下，離急流有一段距離。

「你覺得你游得過去嗎？」父親問。

「我當然可以。」

「如果你游過去，我給你十克朗。」

「好啊。」

「可是你要游直線，直接穿過急流，不能用漂的。如果你可以游過去不用漂的，十克朗喔。」

我脫光衣服，踏進河水裡。水很冰，也很髒；我猶豫了一、兩秒。

「游到那裡，」父親指著說。「這裡開始，從這棵樹到另一邊的岩石。」

我滑進水流，開始游泳；前一公尺半時我游得還不錯。我抬頭盯著目標，直接到岩石就對了，感覺不會特別難。但等到我游到一半時，也是水流最爲強勁之處；它瞬間抓住我，彷彿忙著將麵包屑刷下桌面的手，我被拉走好幾公尺，而且一路下沉，我嗆到溪水，不斷地咳嗽，我設法逆流而上，甚至在水流中保持不動，彷彿下了錨的小船，發狂似地與水流對抗。突然間，我感覺它將我抬起來，推動我前進；我幾乎是自己將自己用力拋上岸的。我雙腿顫抖地往上爬，離岩石下游大約有五公尺的距離。

父親指著另一邊大笑著。

「你還有一次機會喔。因爲你還得游回來。」

「你不能划船來接我嗎？」我大吼。

「哦，不。可以的啦，直接游回來。」

我走到岩石前，邊走邊甩腿，想甩掉肌肉代謝的乳酸，然後我重新回到水裡。這一次，我一開始就瞄準上游的方向，把自己推進水流裡；身體的動力讓我以對角線穿越急流；短短幾秒鐘的時間，我就要抵達柳樹那一側了，但水流猛烈將我往下游扯。我設法朝岸邊前進，我抓住一根樹枝，將自己拉上乾燥的陸地，離柳樹大約一公尺遠。

「沒想到會這麼驚險呢。」父親一面說，一面轉身拿漁具。

我待在原地，讓落日最後一道餘暉把自己曬乾。當他回來時，我已經穿好衣服，我們默默沿著小溪走了一段，到了一處狹窄的空地，我們釣魚，等著下鉤的時機到來。我釣到一條河鱸，牠把魚鉤整個吞下，讓我們不得不折斷牠的嘴；父親說，我們可以試著拿牠的肉當餌。等到太陽在地平線眨了最後一眼時，一隻蝙蝠迅速安靜

9 捕鰻人

瑞典斯堪尼省東岸的哈納灣擁有獨特的海濱美景，從南邊的斯滕斯角北上到奧胡斯，綿延近五十公里，人們通常稱呼這裡是瑞典的「鰻魚海岸」。此處風光絕美，不算是田園景致，也不會過度誇張。這裡純粹自然，交通較爲不便，被一片飽受海風吹襲的松樹林環繞。一條狹長且近乎潔白的沙灘開車時便可瞥見，點綴著岸邊林地，看起來就像掛在海灣邊一條被陽光曬得發白的長布條。這裡海水不深，水色湛藍。

厚實的大型木柱隔著固定的距離豎立在沙灘上，每一群大約有七、八根。它們看起來像電線桿，但又沒有電線，似乎只是隨意放置。這些木桿是用來掛放漁具與漁網的，方便曬乾或修補，只要看到一小簇木桿樹立在地平線上，就幾乎可以確定旁邊一定會有一間小房子，它通常會是古老的磚造或石砌建築，茅草屋頂，有些已經半埋在沙丘間，大門總是面海。這些小屋子被稱爲「鰻魚棚」。

最古老的鰻魚棚十八世紀時就在這裡。當年五十公里的海岸線至少可見一百多間，至今矗立此處的大約還有五十間左右。這些鰻魚棚大都以它們所屬的捕鰻人或當地流傳的神話傳說命名。例如：兄弟棚、傑帕小棚、尼爾斯小棚、漢薩家的小棚、雙胞胎的小棚、國王小棚、走私者小棚、尾棚、布穀鳥棚，還有騙子的小棚。有些早已廢棄毀壞，有些則已經改裝成人們避暑渡假的海濱小屋，但少數仍然維持當年的使用目的。在這些小棚內，你還會找到一種人，他們與自然學家截然不同，但卻也與鰻魚同樣有著密切的關係：捕鰻人。

瑞典鰻魚海岸的捕鰻人已經爲數不多，彼此之間的兄弟情誼雖然已經不復見，但他們的存在以及專業早已形塑了這地區的生活模式。幾百年來，捕鰻向來是此地文化、傳統與語言的核心。這裡幾乎人人都叫得出老捕鰻人的名字。大部分的人都至少曾經參加過一次鰻魚宴，這是在夏末初秋一項專屬鰻魚的慶典活動。在這裡，鰻魚與圍繞著牠們所建立的傳統以及知識，早已成爲當地居民認同的一部分。

這種現象從至少中世紀以來就是如此。鰻魚海岸的捕魚活動是透過一種特殊的捕魚權制度進行組織分配，這種捕魚權稱爲「åldrätter」。「drätt」一詞來自瑞典文的動詞「拉」，指的是此處常用的捕魚技術。這是個古老的體系，根植於早年封建時期的非民主時代，至今只剩瑞典的鰻魚海岸遵循。此系統建立時，斯堪尼省仍屬於丹麥的一部分；現存最古老的文獻甚至可追溯到西元一五一一年，內容記錄了格里明格豪斯城堡，有一位名叫詹斯・霍爾格森・烏爾夫斯坦的先生，從大主教那裡買了兩個「åldrätter」。這些捕魚權利炙手可熱，因爲鰻魚量大味美，非常受歡迎。當斯堪尼省在一六五八年歸屬瑞典後，瑞典國王沒收了當地的捕魚權，在瑞典化的政策下，將它們重新分配給神職人員與貴族，以換取這群人的忠誠。擁有「åldrätter」的人，則趁機將這些權利租賃給捕鰻人與農民，賺進大把鈔票，因此我們可說，鰻魚也是上位者施行權力的重要工具。

鰻魚宴（Ålagillet）是當年留下的榮景殘光。瑞典文中的「gille」一詞來自「gäld」，意思是「債務」或「付款」，指的是捕鰻人爲取得捕魚權而必須支付的費用。這筆費用在鰻魚季結束時就得支付，而且可用眞正的鰻魚來付款，因此，鰻魚也曾經是貨幣的一種。

傳統的鰻魚宴通常需要至少四道鰻魚佳餚，而各地皆有不同的特色料理方式。

炸鰻魚、水煮鰻魚，以及鰻魚湯。煙燻鰻魚清肚後泡在鹽水放置一夜，再放在赤楊木上炙燒煙燻。所謂的「Luad」鰻魚，將鰻魚抹上一層薄鹽，插上烤肉叉，在預熱過的烤箱炙烤，等於煙燻燒烤一次完成。「Halmad」鰻魚將大條鰻魚切塊，在裝滿黑麥梗的熱鍋裡油炸。「Pinna」是與赤楊木及柏樹針葉一起油炸的小鰻魚。「水手鰻魚」將黑啤酒醃過的燻鰻魚用牛油炸酥。「Fläk」鰻魚，則是將去骨烤鰻魚塞滿了蒔蘿與鹽巴。就這樣，鰻魚成爲了瑞典獨特美食文化的主角。鰻魚海岸共分成一百四十個「åldrätter」。它們的寬度從一百五十到三百公尺不等，延伸入海則有幾十公尺遠。只有持有或租賃捕鰻權的人，才能在該特定地點捕撈鰻魚。鰻魚棚建在指定的捕鰻漁場附近，小房子都很簡陋，有儲藏間以及不大的起居空間，放了一張桌子，幾張行軍床。在捕魚季時，捕鰻人通常住在裡面，以便看管捕獲鰻魚存放的定置魚箱，或是確保隨時準備出發，在暴風雨來臨前收好設備。在棚子建成之前，捕鰻人們通常只能將木船翻過來，鋪著稻草，在上面將就成眠。

傳統上，捕鰻季持續三個月，也就是所謂的鰻魚「黑暗期」，此時鰻魚遷徙入海，沿著海岸前往馬尾藻海。這些鰻魚——已經適應了橫渡大西洋的長途旅行的最大、最肥美的鰻魚——就是捕鰻人們最想要的。通常在七月底，捕鰻人們會放置陷阱，然後每天黎明時檢查，一直到十一月初才會將它們移走。此時，捕鰻季結束，鰻魚黑暗期也沒了。

捕鰻向來就是村落產業。無論是地點或鰻魚本身都不允許更大的規模。捕鰻人們主要使用所謂的「homma」，這種陷阱特殊，上面裝了爪鉤與浮標，導引鰻魚游進一只錐形袋。捕鰻人使用小平底船，方便在淺水航行，拉到岸上也很方便。陷阱與小船都是捕鰻人自己精心設計的。

當然，物換星移，有些做法道具已經改變，但程度不大。過去塗上了柏油的橡木小船，現在全都是塑膠製品。之前人們曾經使用槳，現在更喜歡用上馬達。捕魚權不再以鰻魚支付，也不是世襲傳承。如今，女性獲准走進鰻魚棚，參加鰻魚盛宴。但除此之外，一切如昔。部分是因爲鰻魚如此要求，部分是因爲捕鰻人們就是想這麼做，但更因爲人們認同鰻魚海岸必須維護傳統，讓相關知識長存。於是，鰻魚就這樣成了文化遺產。

¶

什麼樣的人會選擇成爲捕鰻人？鰻魚能提供這些人什麼？職業與收入是最簡單的答案，但還不是故事的全貌。誠然，鰻魚在歷史上向來是歐洲大部分地區的重要食物來源，但牠一直很狡猾，難抓、難懂、神祕，很多人就是不喜歡牠。牠迫使捕鰻人開發特殊的方法與工具；鰻魚自己怪異的行徑也讓捕鰻業無法擴大，儘管需求極高。牠不能如鮭魚般養殖，事實上，牠也不可能在圈養中繁殖。作爲營養來源，鰻魚對很多人來說至關重要，但牠完全不願意配合。到了今天，吃鰻魚的人越來越少，漁獲量也逐漸萎縮，何必要當捕鰻人呢？

如果你問瑞典鰻魚海岸的那群人，大部分會得到的答案是：這從來就不是個選擇。大家天生就是要吃這口飯，在世代傳承中，你不知不覺就培養出師了。當然沒有什麼大學課程或專業培訓單位會訓練捕鰻技術。捕鰻人擁有的知識從來就不是在教室或實驗室取得的。它經過了好幾世紀的嬗遞，正如一個仰賴口耳相傳、從來都沒有人費心書寫的古老故事。如何製作捕鰻陷阱、替鰻魚剝皮、判讀海象與天氣、詮釋鰻魚在水面下的活動：這冷僻專門的知識是通過實際行動傳遞下來的，是超越了歲月與時間的共同經驗。因此，捕鰻常常是家族事業，代代相傳。只要是捕鰻人，必然留著捕鰻的血液。只要是捕鰻人，全都將這行業視爲比捕鰻活動更爲神聖的事：這是文化延續，這是傳統與知識的繼承。

在歐洲，捕鰻業最興盛的地區很少是那些超級有名的大都市，鰻魚之都與人類毫無相干，相反地，它們都是一些很奇特的地方，住民也特色迥異，個性頑強驕傲，就像住在瑞典鰻魚海岸的那群人，他們不只從先祖那裡繼承了事業，也因艱苦的工作與簡陋的環境塑造了不一樣的人格。他們讓工作成爲自己的認同，於是，就像施密特一樣，堅持乘風破浪捕鰻，不顧一般人的勸阻，儘管常識也提醒他們不要這麼做。這群人多半養成一種邊緣人的性格，質疑權力。於是，在瑞典鰻魚海岸外的許多捕鰻人，就這麼自成了另一種生物。

¶

玻璃鰻可在冬天與初春之際，於西班牙巴斯克地區的奧里亞河捕獲。這條河在注入比斯開灣前，蜿蜒穿過巴斯克地區的崎嶇山脈，是透明玻璃鰻的熱門棲地，牠們經過好幾年在大西洋漂流，終於可以游上淡水水道，尋找未來十年、二十年或三十年的家鄉。牠們之間有許多同伴無法撐到這麼遠。大概在海岸附近的河口處，捕鰻人在多雨的寒夜守在木船上，勤奮地將脆弱的玻璃鰻從水裡拖出來。

距離奧里亞河口往內陸沒幾公尺的小村莊阿吉納亞，居民不過六百人，卻有五家捕玻璃鰻的魚公司。在這裡，專業知識同樣古老，也是世代傳承。玻璃鰻在寒冷黑夜，趁滿月或新月時分，天空稍有烏雲時，隨著潮汐進來。牠們漂浮在遼闊淺灘附近的水面，就像一大片銀白色糾結的海藻，船上捕鰻人來回撈捕著；船首燈光映照在活跳跳的玻璃鰻群上，他們持著長棍，棍上繫著圓網，然後徒手將玻璃鰻捕捉上岸。

玻璃鰻在巴斯克地區被視爲頂級佳餚，現在只有那裡珍視牠了。不過，歷史上享受這脆弱透明狀態下的鰻魚的情況其實相當普遍。在英國，玻璃鰻曾經在塞文河被大量捕獲。牠們被拿來和培根一起炒，或做成歐姆蛋捲，所謂的「精靈蛋糕」。

在義大利，人們在西部的亞諾河及東部的科馬基奧附近捕玻璃鰻。當地偏好用番茄醬燉煮，撒上一點帕馬森乳酪。在法國的一些地區，也流行吃玻璃鰻。不過如今這傳統已經式微。隨著游進歐洲河域的玻璃鰻數量急劇下降，以牠們爲主的漁業活動也不再存在。到現在只有巴斯克人民還頑強不屈服，堅持拒絕放棄。

當然這一切都有合理解釋。首先是財務考量。人們在這裡抓玻璃鰻由來已久，據說牠們過去大規模地在奧里亞河載浮載沉，數量多到農民們可以從河岸撈捕，拿來餵豬。但正因爲如今牠們數量稀少，生存威脅增加，更讓玻璃鰻成爲搶手的佳餚，人類的邏輯就是這麼獨特扭曲。在巴斯克地區，玻璃鰻會用上等的橄欖油油炸，灑上些許蒜末與微辣的辣椒提味。人們會把熱騰騰的鰻魚放進一只小瓷盤；饕客用一根特殊的木叉吃牠，免得被燙到嘴唇。在旺季，一小撮重約兩百五十克的玻璃鰻，在聖・塞瓦斯蒂安的精品餐廳甚至要價六、七十美元。

但是阿吉納加與奧里亞河沿岸的捕鰻人，仍有繼續這一行的其他理由。他們不想喊停。因爲他們認爲這是他們的權利，也因爲這正是他們的祖先賴以維生的工作，除了捕鰻的特殊方式，它更定義了他們的存在。該地區也是巴斯克分離主義組織「埃塔」的重要據點。這裡的人們習慣自力更生。長達四十年的時間，他們在西班牙獨裁者佛朗哥的統治下被邊緣化，飽受迫害，因此他們對馬德里或布魯塞爾的官僚爭權奪利的醜陋角力充滿警覺。在這裡，捕鰻人才不管政客或科學家怎麼說，他們仍會帶著漁網與燈籠回到自己的大河。直到最後一位捕鰻人消失。或最後一條鰻魚死去。

¶

在北愛爾蘭的內伊湖，當地人已經捕撈鰻魚至少兩千年了；那裡的鰻魚品質經常被譽爲歐洲的頂尖美味。內伊湖位於愛爾蘭的東北角，是不列顛列島最大的湖泊，位於莫恩山脈以西，地貌極度貧瘠；一年中大部分地區的氣候都非常惡劣，飽受劇烈風暴的襲擊。但即便如此，捕鰻業卻從未歇息，畢竟這是代代相傳的行業，也因爲無論是地點或鰻魚，都不允許出現任何變動。

內伊湖的漁獲主要是黃鰻，使用的工具是長釣線，上面的魚鉤掛滿了餌，捕鰻人使用的船也很簡單。旺季時，每艘船載了兩名捕鰻人，設置四條長釣線，上面各掛有四百根魚鉤，所以總共有一千六百根魚鉤需要上餌，並在破曉時分一一檢查，此時嚴寒與濃霧足以將手指變成僵硬的玻璃棒。

傳統上，漁獲都被運到倫敦。長期以來，鰻魚都是這座首都的熱門食品，小店與市場攤位到處可見。油炸之後佐以馬鈴薯泥，或者做成鰻魚凍——鰻魚切片放入高湯熬煮，放置成凍。它被視為是物超所值的平凡美食，與東區的勞工階級也有密切的關係。鰻魚富含脂肪，蛋白質含量高，比肉便宜得多，所以成為窮人的熱門食品，可以想見，也因此被富人鄙視瞧不起。

但倫敦人對鰻魚的喜愛並不是這些內伊湖鰻魚被運來倫敦的唯一原因。其中也有政治因素。當英國人在十六世紀與十七世紀殖民愛爾蘭的大部分地區時，他們不僅奪走最肥沃的土地，也獨占了最寶貴的自然資源。一六〇五年，在內伊湖周圍的愛爾蘭人被迫放棄捕魚權，接下來長達三百五十多年的時間，當地漁業都受控於英國殖民者。有錢有權的清教徒可以決定要捕獲多少條鰻魚，該如何處理牠們，捕鰻人又將支付多少費用。於是這群貧窮又沒權勢的捕鰻人——大部分為天主教徒——被迫離開故土，尋找其他謀生方式。鰻魚是維生的要素。

幾百年來，所有捕魚權都由歷代沙夫茨伯里伯爵擁有，但在二十世紀中葉，它們被賣給了一個名爲「環」的財團，組織成員爲倫敦少數的富裕鰻魚商。一九六五年，一群天主教捕鰻人聯合組成內伊湖捕鰻人合作社時，「環」仍然掌控內伊湖所有的鰻魚捕撈活動，後來，合作社員募資買下百分之二十的捕魚權。在隨後的幾年間，他們也預備了更多資金好買下剩餘的八成權利。這一切發生時，北愛爾蘭問題隨之爆發，這當然都不會是巧合。「環」的成員作證表示，他們被迫在暴力威脅下出售自己的股票；甚至指證歷歷，表示財團的船隻遭受襲擊。據說捕鰻人之一甚至是愛爾蘭共和軍的成員。

於是，鰻魚捲入了暴力血腥的北愛衝突，它與階級、權勢、擁有權、財富、貧窮及宗教，完全脫不了關係。今天，內伊湖的漁業活動百分之百由內伊湖捕鰻人合作社持有，那些仍然在捕鰻的人們不會忘記自己奮力爭取的過程。頑強桀傲驅使他們繼續爲魚鉤上餌，拉出長釣線，因爲他們先祖就是這麼做的，未來也應該要如此延續。

¶

現在這一切都即將消失。文化遺產與傳統、地方美食與地標、鰻魚棚、小船與捕鰻工具、代代相傳的知識。最終則是所有的回憶。至少這是內伊湖岸、巴斯克地區的阿吉納加小鎮及瑞典鰻魚海岸的隱憂。因爲隨著鰻魚數量減少，保護鰻魚聲浪越來越大。歐陸許多地區已經嚴禁捕撈玻璃鰻。科學家及政客正努力將禁令推行到整個歐洲。

那就這樣吧，捕鰻人們說，但請記住，你們不只是在掠奪我們的生計！傳統、知識，以及這寶貴古老的文化遺產也勢必流失。更重要的是，他們聲稱，人類與鰻魚的關係即將岌岌可危。如果人們不再捕鰻——抓牠、殺牠、吃牠——他們就會對牠失去興趣。萬一人們對鰻魚不感興趣，這一切無論如何，都會散佚。

因此，內伊湖捕鰻人合作社目前正努力拯救鰻魚，不再積極捕撈。它正進行一個大規模的昂貴計劃，意圖購買釋放玻璃鰻到湖中。瑞典鰻魚海岸的捕鰻人也聯合起來，努力提高人們對鰻魚困境的認識。他們創立的鰻魚基金會也很類似內伊湖捕鰻人合作社，正致力於野放鰻魚，增加牠們的數量。二〇一二年，鰻魚海岸文化遺產協會成立，主旨是要讓瑞典的捕鰻傳統成爲非物質文化遺產。該協會的網站寫著：「全面禁止捕鰻會讓一種活生生的文化、地方技藝與獨特的料理遺產走進歷史。沿岸的鰻魚棚會成爲財富階級的避暑別墅。我們的故事會沒了聲音，人們對鰻魚的興趣，甚至鰻魚族群，也會就此散佚。」

這是最大的矛盾點，也是當代鰻之謎最中心的疑惑：爲了瞭解鰻魚，我們必須對鰻魚感興趣，因此，我們也必須繼續捕撈、捕殺，把牠放上餐盤（至少根據一些人的說法是如此，畢竟他們比我們更親近鰻魚）。鰻魚，不能只當一條單純的鰻魚。向來不容許如此，因此，牠就也這麼成爲我們與這星球上所有其他生命形式複雜關係的象徵了。

10 智取鰻魚

有一年夏天，我們試了「klumma」，這是一種古老的捕鰻手法，常見於瑞典南部斯堪尼省鄉間的溪流。大家都說，這是屬於不同世界的做法，因爲它瘋狂至極，簡直無法想像當初是如何發明的。但在天時地利的某一時刻，克服了各種艱難險阻之後，它就這麼被某人發現了，不僅好用，甚至非常有效。不知怎麼地，人們交相傳頌，知識迅速傳播，速度幾乎難以察覺、無法解釋，最後連我父親也略知一二，然後再教導我，彷彿這是世上最自然的東西了。

其實根本不是。當你「klumma」鰻魚時，你先用一條長又堅韌的縫紉線穿過一根針，然後一手拿著針線，另一隻手抓著一條蟲，用針刺過蟲之後，將線拉到底，然後不斷重複這個過程，最後把好幾公尺又黏又臭、還動個不停的蟲兒捲成一顆球，然後將鉛錘與釣線固定在這顆球上，不用魚鉤。

你在夜晚捕鰻，最好人待在船上。蟲餌球被扔進水裡，安然落入水底，同時你則輕輕抓好繃緊的釣線。等到鰻魚發現那顆球，一口咬下去時，你立刻用力拉扯。因爲鰻魚細微又稍彎的尖牙會讓牠吊掛在釣線上，如果你的技術純熟，你便可以用快速流暢的動作，將鰻魚一把拉上船。至少理論上是如此。

父親以前從未嘗試過。他甚至沒見過任何人這麼做。但我們彼此都意識到，首先最重要的是，這活動將需要大量的蟲餌。父親知道如何找到牠們。他要我替草坪澆水，一面抓起一根草叉，截斷一根電線，將裸露的線頭金屬綁上叉子，然後把叉子戳進地面。

「你最好現在往後退，」他說。「穿上你的青蛙裝。」

我站在前廊臺階，踩著靴子，脈搏飛快跳著，看他將電源線插上二百二十伏特的插座，電流進入草叉，竄進潮濕的土壤。一開始什麼都沒發生，完全沒有動靜。接著蟲開始從地底出現，好幾百隻蟲子在泥巴裡扭動。整片草坪看起來就像一個巨大的有機體。

父親關掉電源後，我們四處走動，撿起魚餌。只花了十分鐘就填滿了一個大罐子。

¶

夜色低沉後，我們在木船上，餌球在我們下方的水面不斷晃動，我眞想知道這有什麼意義？這種捕鰻手法究竟是在做什麼？當然，這種感覺因人而異，可能一個人覺得意義重大，另一個人根本搞不清楚狀況，但做這些事情，不是就要有其意義嗎？而且捕鰻這回事對某些人而言，不就是天大的事業嗎？畢竟，人總是需要感覺自己屬於某種可以持久的事物，知道自己前有古人，後有來者，才能在這浩瀚的天地萬物間有存在的價值。

當然，這偉大的事物可以是知識，各種知識都好。例如，某種手工藝、某樣職業，或甚至古老瘋狂的捕鰻方法。知識本身就可以自成一物，一旦你成爲傳輸鏈的環節之一，可以承先啓後，知識就變得更有意義，遠遠超過效用或利潤。它成爲一切的核心。當你談論人類經驗時，你講的不是個人經驗，而是我們的共同經驗，這是可以代代傳遞、重述，並重新體驗的寶貴知識。

但是這種特殊的知識——如何將蟲穿上線，設法騙過鰻魚——究竟意義何在？這獨特的體驗——摸黑默默坐在船上，你下方餌球的蟲兒慢慢死去——還有人性可言嗎？

沒多久，天完全黑了，我們紋風不動。四下唯一的聲響來自船底輕柔流動的水聲；我們時不時抬起手，溫柔地將餌球從溪底拉上來。彷彿是要告訴下方的未知生物，我們還在。

很快地，我們有了回報。簡短明確的拉扯，感覺有東西突然拍打我的手。

我本能地把手抬到空中，看見那顆餌球被拉上水面，隨之在後的是一條巨鰻，牠焦急地朝著我扭動，似乎只想游向我，而不是試圖逃跑。我將牠從水裡拉上甲板，牠就在那兒，躺在我們的腳邊，不斷左右敲擊自己的頭，這讓我恍然大悟自己行爲的後果。

一切只有幾秒鐘就結束了，然後又再度開始了。那一晚我們抓到十二條鰻魚。幾天後的另一個晚上，我們抓到十五條。牠們不斷啃咬，我們不斷將牠們拉上船，就像拔胡蘿蔔一樣。感覺就像是有個深不見底的鰻魚無底洞，突然爲我們打開，就算這毫無意義，卻至少表示這個方法與知識顯然很有功效。我們已經找到智取鰻魚的方法，跟我們之前嘗試過的做法截然不同。

然而，經過那兩晚之後，我們不再「klumma」了。我認爲這與牠喚醒的圖像有關。閃亮的黃褐色鰻魚，暗夜中在沉積層扭動，咬住一群顫抖垂死的蟲餌，讓自己被拖出水面，沒有上鉤，也沒有掙扎，彷彿牠已經放棄了；像是牠試圖逃脫水底深處的某樣事物。這些鰻魚的表現完全出乎我們預料。也許我們跟牠的距離過於接近了。

11　離奇詭異的鰻魚

一六二〇年十一月十一日，五月花號在今日美國麻州東南方的鱈角下錨。就在兩個多月前，這艘船離開英國，船上載有一百零二名乘客與三十名船員。乘客多半爲清教徒，屬於嚴謹新教教會的成員，該教會主張正統自然的基督教傳統。這群人離開英國，想要脫離貧困與宗教迫害，一開始他們先暫時流亡到了荷蘭，接著朝西航行，意圖在新大陸重新開始。他們離開故鄉，不只因爲期盼能在新大陸找到自由繁榮，更因爲他們深信這是神的旨意。他們不把自己當難民，他們視自己爲被揀選的人，神揀選他們得救，揀選他們以祂之名，將眞理眞義傳播到全世界。

救贖，正如基督教故事常見的情節一樣，需要一連串的試煉考驗。等到它終於來臨時，也會以意想不到的形式出現。

五月花號到達北美海岸時已經是冬天了。天寒地凍，四處荒涼寂寥；多數乘客被迫滯留船上好幾個月，第一天划船上岸進行偵察的小型探險隊很不好過，當他們在積雪的海灘上紮營過夜時，有幾個人甚至不幸凍死。倖存者發現一處墓園時，簡直歡欣鼓舞，同時他們也找到幾間看似廢棄的小店，裡面販賣玉米與豆類，但把店裡的貨品一掃而空之後，他們才意識到自己偷走的是原住民的食物，因此遭到追殺。有一天晚上，印第安戰士用弓箭襲擊他們，大家驚險逃過了一劫。

船上不久後便爆發肺結核、肺炎與壞血病，食物稀少，食用水髒汙不堪，等到春天終於到來時，一百零二名乘客中只有五十三人還活著。船員也死了一半。

一直到三月，倖存的殖民者才終於能下船，人們仍然決心貫徹原有的計劃，履行神的旨意。他們飢寒交迫，物資也所剩不多，唯一擁有的就是知道神與他們同在的信念。他們不知道自己該從哪裡建立殖民地，或者要如何與原住民和平共處。他們更不知道要到哪裡打獵，哪些植物可以食用，或者該如何找到水源。這片應許之地也許敞開雙臂歡迎，但顯然只針對能理解它的人們。

就在此時，大夥遇到了史廣多。史廣多屬於帕圖塞特部落，幾年前他曾經被英國人俘虜，帶到西班牙，當作奴隸販售，後來他又設法逃回英國，在那裡學會了英文。最後他登上一艘回北美洲的船，但發現英國人帶來的流行病已經將他的部族全數殲滅了。

接下來，他的行爲沒有明顯的邏輯，畢竟每個人的動機不能總是用他的背景經驗與經歷解釋，我們只能從外在的行爲詮釋，總之，史廣多拯救了陷入困境的英國殖民者，他做的第一件事就是送給他們一堆鰻魚。第一次見面，史廣多便跑到河裡，「當天晚上，他雙手捧著一大堆鰻魚，我們這些人非常高興，」一位清教徒在後來寄回英國的日記中寫道。「鰻魚非常肥美，他用腳固定牠們，以手抓住它們，完全不用其他工具。」這是神在他們急需幫助時賜予他們的厚禮，也是他們從未停止祈求的救贖。

後來，史廣多教清教徒如何捉鰻魚，以及在哪裡可以找到牠們。他還給了他們玉米，教他們如何耕種；他讓他們知道哪裡可以找到野生蔬菜與水果，也建議他們打獵的地點。不僅如此，他幫助他們與當地原住民溝通，成爲雙方談判和平協議的關鍵人物，定下協議對於美洲無所適從的英國殖民者來說，是舉足輕重的事件。

於是，清教徒存活了下來，成爲在北美洲開疆闢土的神話傳奇。「五月花號」的抵達就此成爲美國歷史具象徵意義的劃時代事件，在無數愛國史詩中，更被人們加以神格與浪漫化。

一六二一年十一月，就在清教徒抵達北美洲整整滿一年時，由於自己成功在異域生存，他們將「五月花號」抵達的日期稱為「感恩節」，眾人無不在日記中歌頌自己發現的神奇大地。他們寫道，在經過所有的折騰磨難後，他們受到神的恩典，感謝主賜予他們身邊的所有樹木、植物、水果、動物、魚類及肥沃的土壤，當然更感謝他們每晚「毫不費力」便可以從河裡捕撈到的大量鰻魚。

鰻魚就此本該在美洲神話中成為重要角色，應許之地最肥美閃亮的象徵，神預定的一大厚禮，但這一切沒有發生。也許是因為鰻魚本性就與莊嚴象徵格格不入，也可能因為牠很快就與窮人階級的簡陋飲食習慣扯上關聯，完全上不了豐收盛宴的檯面。或更有可能，因為這一大禮是來自一位原住民。

出於某種原因，神賜予早年清教徒的禮物幾乎完全從歷史紀錄中被刪除了，北美洲殖民地有許多神話與傳說，但鰻魚卻不是其中之一。感恩節時，美國人捨棄鰻魚，吃火雞與其他動物——水牛、老鷹、馬兒——這幾種動物全都肩負了美利堅合眾國人民建國愛國的象徵大任。沒錯，殖民者仍然捉鰻魚來吃，十九世紀末時，鰻魚仍然常見於美國人的餐桌。但牠隨後就慢慢消失了，第二次世界大戰後，鰻魚聲譽一敗塗地，到了一九九〇年代末期，美國東岸的捕鰻活動幾乎完全停止。直至今天，許多美國人認爲鰻魚吃起來很麻煩，非常不討喜也不好吃，可能的話根本不會特別去吃。有時候，即使是神的饋贈，也只能被勉強接受吧。

¶

這種對鰻魚矛盾又不確定的態度，當然不單只有「五月花號」眾人所有。縱觀歷史，人們對鰻魚的感受總是模稜兩可。時而充滿崇敬，但卻也不可避免地帶著一些不安。儘管好奇，也經常排斥。

古埃及視鰻魚爲強大的惡魔，地位等同於神，卻也是不被接受的食物。這種生物在尼羅河閃閃發光的水面下輕鬆自在，滑過河底的沉積層。考古學家曾經在小型石棺發現木乃伊鰻魚，在神像旁永恆安息。

的確，古埃及賦予許多動物神性。太陽神拉的頭是獵鷹。冥界之神阿努比斯則頂了一顆胡狼頭。智慧之神托特的頭則是朱鷺。愛情女神芭絲特則有女人的身體以及貓頭。當然，每一種動物都有不一樣的特徵——而人類與動物之間的模糊界限也代表了它的神性。在赫利奧波利斯，阿圖姆是所有神與法老的父親，也是與鰻魚有關的神。在一個圖像中，阿圖姆有人類的頭，尖尖的鬍鬚以及象徵神聖地位的皇冠，手持一個巨大駭人的眼鏡蛇盾牌，身軀則是細長的鰻魚，甚至還有眞正的魚鰭，人頭鰻身象徵整體，即正負力量的結合。

古羅馬文化對鰻魚的意見相左，有人跟埃及人一樣不吃鰻魚，不因爲鰻魚很神聖，只因爲一般觀念中，牠很不乾淨，甚至令人厭惡。也許是因爲鰻魚經常在下水道出口附近被捕獲的緣故，也有可能是因爲風乾鰻魚皮常被拿來當作管教不聽話小孩的法寶。

許多羅馬人似乎更喜歡與鰻魚有親戚關係的康吉鰻或海鱔，但無論是哪個物種，鰻魚總與黑暗可怕的事物脫不了關係。老普林尼與小塞內卡都曾描述奧古斯都皇帝的好友，羅馬軍事總指揮官維迪烏斯·波利奧如何嚴懲奴隸，他會將這些人丟進裝滿鰻魚的水池，這些嗜血的魚群將奴隸吞下肚後，再被捕撈上桌，成爲維迪烏斯・波利奧招待賓客的肥美佳餚。

¶

一條魚，卻又跟同類不一樣，看起來像蛇，或蟲，或一隻四處滑行的海怪。鰻魚總是獨特。至少在基督教的傳統裡，從一開始，魚就是最核心的象徵之一，但鰻魚向來被視為別種生物。

據說最早的基督徒，在基督誕生後的第一個世紀時會將鰻魚當作祕密符號。當時基督徒在許多地方遭受迫害，行事必須特別謹慎，因此在信徒見面時，其中一位會在地上畫一條弧線。假使對方可以反方向畫出同樣的符號，這些線條便可共同形成一條風格獨具的魚，兩人於是知道可以信任彼此。這個符號可以在羅馬聖・卡利克斯與聖・普里西拉的地下墓穴找到，年代同樣追溯至西元第一世紀。

魚之所以意義重大有幾個原因。早在基督教誕生之前，魚一直是地中海文化的好運象徵。隨著耶穌出現，魚代表了復活與懺悔。「來跟從我，我要叫你們得人如得魚一樣，」耶穌對祂最初的兩位門徒西門與安得烈說。在福音中，最新得救的人們被稱作「小魚苗」，同時，耶穌將進入天國比喻爲捕魚：「天國又好像網撒在海裡，聚攏各樣水族。網既滿了，人就拉上岸來，坐下，揀好的收在器具裡，將不好的丟棄了。世界的末了，也要這樣。天使要出來，從義人中，把惡人分別出來。」

在耶穌的神蹟中，魚也扮演了眾所周知的角色，包括麵包與魚的神蹟。祂僅用兩條魚及五條麵包便餵養了五千人。還有，復活的耶穌向加利利海的門徒展現自己，提供魚給他們吃，說服他們，眼前的確實是祂。希臘文的魚「ichthys」，也一直被視爲是 Iesos Christos Theou Yios Soter 的縮寫，亦即「耶穌基督，上帝之子，救贖者。」

但這些都跟魚有關，而不是鰻魚，很多跡象顯示，早期的基督徒把二者分得很清楚。在基督教傳統中，所有好事都與鰻魚以外的物種相關。所以，鰻魚不是魚；牠是別的東西。就算鰻魚被認爲是魚，牠也跟同類截然不同。牠完全沒有魚類該有的特性，行爲、外表更是迥異。

如果你讀過《利末記》，神對所有水生生物的觀點，在字裡行間表達得很清楚：

水中可吃的，乃是這些。凡在水裡，海裡，河裡，有翅有鱗的，都可以吃。凡在海裡，河裡，並一切水裡游動的活物，無翅無鱗的，你們都當以為可憎。這些無翅無鱗以為可憎的，你們不可吃牠的肉，死的也當以為可憎。

假設這些字詞的選擇與反覆都有正確詮釋，顯然神的意思是，無翅無鱗的魚和其他水生動物令人憎惡。牠們不能被吃；牠們超乎尋常；牠們必須讓人討厭。至少在猶太人對上帝意圖的解讀中，這意味著鰻魚是可憎的。牠不是猶太潔食，牠光滑黏稠的軀體因此不能擺上猶太人的餐桌。

這一切都是誤會，當然，《利未記》也把蝙蝠和鳥搞混了。鰻魚有鰭也有鱗。它們只是有點難以辨認，特別是鱗，因爲它們細微到肉眼幾乎無法察覺，而且又覆滿濕滑的黏液，用手觸摸也幾乎難以感覺。但這眞的是誤解，很明顯地，只要是與鰻魚相關，不僅科學無法釐清眞相，就連神也不可靠。或者我們該說神的譯者。或那些文字。

¶

就算如此，鰻魚的形象依舊讓人憎惡，就算不是全部的人，但至少許多人如此。當成食物或文化遺產還過得去，但至少在文學隱喻上，仍然難以挽救，甚至超越了謬誤與宗教上的誤解，牠有時還象徵了不受歡迎的人事物。所有陌生或令我們不悅的事物。牠的存在勉強可以接受，但眼不見爲淨最好，也不該太常出現。

在二十世紀文學中最令人難忘的一幕：一個人站在沙灘，手裡拉著延伸入海的長繩。繩上覆蓋厚厚的海草。他又拉又扯，在浪花間驀然出現了一顆馬頭。它黝黑閃亮，躺在水邊，雙眼死氣沉沉，只要有孔洞的地方，都可見到黃綠色的鰻魚四處竄動。二十多條鰻魚在馬頭鑽進鑽出；那人將牠們全都塞進馬鈴薯袋，接著，他用力掰開馬嘴，將手伸進它的喉嚨，再掏出兩條與他手臂等粗的鰻魚。

這驚悚的捕鰻方法出現在葛拉斯一九五九年的小說《錫鼓》，爲前無古人後無來者，最噁心聳動的鰻魚文字。鰻魚在文學或藝術中並不常見，但只要一出現，通常就是令人惶惶不安、略爲反感的生物。牠黏稠滑溜，是暗處的清道夫，貪婪地在動物屍體進出，嘴巴大張，黑色眼珠骨碌碌的。

然而，有時候牠的形象不只如此。在《錫鼓》中，鰻魚角色關鍵。牠既預示了悲劇，也引發了悲劇。

站在波羅的海岸上旁觀這一幕的人們，就是小說的主要人物，男孩奧斯卡・馬澤拉斯；他的父親雅佛以及母親艾格尼絲，還有艾格尼絲的表哥兼情人簡恩・布朗斯基。艾格尼絲懷孕了，但還沒有告訴任何人。我們不知道孩子的父親是雅佛或簡恩，甚至不清楚雅佛是否眞的是奧斯卡的父親。艾格尼絲有憂鬱自殘的傾向，把體內的小生命視爲即將吞噬她的腫瘤，而非禮物。對她的家人與讀者來說，她的內心是難解的謎。

四人遇到捕鰻人時，正在海灘散步。艾格尼絲好奇地問漁夫在做什麼，但他沒有回答，只是咧嘴微笑，亮出滿嘴黃牙，繼續拉著粗繩。等到馬頭冒出水面，艾格尼絲看見鰻魚從頭骨裡鑽出來時，她就不行了，她的身心立即受到衝擊，必須靠著情人簡恩以免當場暈過去。海鷗群在他們上方繞圈，圈圈越來越小，一面發出刺耳的尖鳴如警笛；當那獰笑的傢伙將兩條最肥的鰻魚從馬的喉嚨掏出來時，艾格尼絲轉身嘔吐，猶如努力想驅趕自己突如起來的反胃以及腹中不受歡迎的胎兒。她再也沒有從這次的遭遇恢復。

簡恩最後帶著艾格尼絲沿著海灘離開；奧斯卡與雅佛留下來看那人將最後一條黏著白色粥狀腦漿的鰻魚從馬耳中拉出來。男子解釋，鰻魚不只吃馬頭，也吃人體器官，還告訴他們，鰻魚在第一次世界大戰的斯卡格拉克戰役後變得特別豐美。奧斯卡看得入迷，白色錫鼓還掛在他的脖子上，鼓身就擱在他的腹部。雅佛很興奮，當場買下四條鰻魚，兩條大鰻以及兩條體型中等的鰻魚。

海灘事件讓艾格尼絲變了。看到滑溜鑽動的鰻魚以及荒謬怪誕的馬頭，彷彿喚醒了她。她的病情越來越嚴重，於是設法用食物壓抑自己。她總是在吃，吃了又吐，吐了再吃。她都吃魚，特別是鰻魚。她大口吞下泡在奶油醬的肥美鰻魚切片，丈夫拒絕再給她吃魚後，她找上魚販，扛了一堆燻鰻魚回家。她用刀子刮上面的脂肪，將它舔得一乾二淨，然後再吐出來。雅佛緊張地問她是否懷孕時，她只是輕蔑地哼了一聲，又吃下另一口鰻魚。

艾格尼絲不久就去世了。讀者不清楚她是撐到死還是心碎至死。葬禮上，兒子奧斯卡凝視她的遺容。她面色枯槁偏黃。他幻想著母親突然坐起來再次嘔吐，想像她體內可能有東西要出來，不僅是她不想要的孩子，還有那在短時間內吞噬、殺害她的怪異生物，也就是鰻魚。

「鰻歸鰻，」奧斯卡站在棺材旁心想著，「汝亡爲鰻，亦回歸爲鰻。」他死去的母親當然沒有坐起來嘔吐，這讓奧斯卡既解脫，又覺得完整。「看來她壓下那股噁心感，顯然準備帶它入土，因爲在那裡她才能找到平靜。」

這是個毀滅性的比喻。鰻魚成了死亡的化身。或更確切地說，不僅是死亡，還有死亡的敵對者。鰻魚成了開始與結束的聯繫，連結了生命的起與落。塵歸塵。鰻歸鰻。

¶

二十世紀中《錫鼓》剛出版時，科學已經理出了鰻魚大部分的祕密。牠的神祕已被揭露，也易於理解。人類一步一腳印解開鰻魚的各種疑問。牠的源頭已經找到，繁殖的方式也確立了。儘管自文藝復興以來，解答疑問的過程與速度比起其他科學領域，猶如蝸牛跟子彈列車的賽跑，但至少大家現在對鰻魚略知一二，我們再也不侷限於只能簡單指出牠不容否認的存在，人類已有能力討論牠存在的特質。我們不僅認識鰻魚，我們更清楚牠為何物，再也不用單憑信仰理解牠了。

然而，鰻魚持續與人類非理性的思維脫不了關係，在文學與藝術中的形象更是怪異又深不可測，牠依舊是在黑暗深處潛行的可怕生物。一種特立獨行的生物。

在瑞典作家弗里提奧・尼爾森・皮拉騰一九三二年的瑞典經典作品《邦必特與我》中，鰻魚是魔鬼，一頭長了角的怪物，身長超過三公尺，暗藏幽深洞穴已經有數不盡的歲月。牠躲在偏僻遙遠、四下不見人類文明的斯堪尼亞鄉間池塘，直到本書主要人物伊萊與邦必・特以及一名叫瑞克倫的老頭，一晚整裝出發，準備逮到牠。瑞克倫將牠從池塘拉出來；那是「一頭黑暗可怕的生物，不斷激起水面浪花」，接著則是一場野蠻暴力的角力大賽。鰻魚「簡直如有生命的電線桿」一般猛烈竄動，月光勾勒出牠的巨大犄角；直到瑞克倫用力咬住牠的龐大身軀，這場人鰻大戰才告一段落。

「我一口咬死這混蛋東西了，」瑞克倫宣布，鮮血仍從他的嘴裡汩汩滴落。但這只是暫時的勝利。鰻魚復活了。牠大大喘了一口氣之後，重新復甦，從草地溜走，最後消失在地面的洞穴，遁入未知的地底世界。顯然，牠決意回到自己的出身地，陰影下、潛意識中，靈魂裡最低下漆黑的角落。

在鮑里斯・維昂一九四七年的超現實愛情小說《歲月的泡沫》中，鰻魚是一種荒謬的生物，預示即將發生的悲劇。故事一開始，牠就從廚房的水龍頭現身。每天，牠都會把頭伸出水龍頭，環顧四周，隨即消失無蹤。直到一位狡猾的廚師將鳳梨放在廚房流理檯，鰻魚忍不住誘惑，一口咬下。廚師趁機行事，做了鰻魚醬給主角科林吃，科林一面吃，一面思念自己的情人克柔依，兩人才剛認識，他準備娶她為妻，但沒多久她便病重臥床，克柔依的肺部長了一朵睡蓮，這是鰻魚界的水生植物。腫瘤來勢洶洶，最終要了她的命，科林徹底心碎，孤獨一生。

不過鰻魚在文學最極致的表現，莫過於一九八三年英國作家格雷厄姆・斯威夫特的小說《水之鄉》。這是歷史老師湯姆・克里克的故事。他試圖以自己童年的故事及人生經歷，激發一群有科學頭腦卻討厭歷史的學生的想像力。他審視自己不可靠的記憶，也想釐清自己的人生何以走到這個地步。湯姆與妻子瑪麗沒有生育。她也有精神錯亂的問題。爲什麼會這樣？或許是因爲小時候有一個調皮的男孩，將一條活鰻魚塞進她的褲子？

或者與他弟弟迪克有關，他們兄弟倆年輕時都爲瑪麗神魂顚倒，爲了給她留下深刻的印象，迪克還因此參加游泳比賽得了冠軍。就像前往馬尾藻海的鰻魚，爲了達到目標，可以游得比任何生物都遠——這就是生存的目標。但爲了什麼？這一切究竟有什麼意義？

故事情節似是而非，誰知道眞相究竟爲何？但鰻魚依舊存在。從開始到結束，貫穿通篇，不斷提醒讀者主角刻意隱藏或遺忘的一切。

故事來到尾聲時，湯姆對學生描述了鰻魚的一切，鰻之謎以及牠的科學研究歷史，牠的所有臆測、奧祕與誤解。亞里斯多德以及他那鰻魚從泥漿憑空出現的理論。還有林奈認定鰻魚自體繁殖的論點。以及大名鼎鼎的科馬基奧大肥鰻，蒙迪尼的發現與斯普蘭扎尼的質疑，當然少不了堅持尋找鰻魚出生地的施密特，及驅使這些人的好奇心。這全是鰻魚可以教導我們的。湯姆表示，牠讓我們一窺人類好奇心的極限，我們尋求眞理，理解萬物從何而來以及其意義，這無窮盡的渴求驅策了我們，讓我們一心想揭開奧祕。「鰻魚讓我們知道好奇心爲何物——而不是好奇心讓我們更認識鰻魚。」

¶

但爲什麼鰻魚這麼不受歡迎？讓我們有如此強烈的情緒？當然不可能只因爲牠濕滑黏稠，或因爲牠吃的食物，或因爲牠喜歡黑暗吧？也不能單憑宗教上的誤解。不，或許因爲牠很隱匿，在牠那貌似無感又沒有生命的漆黑雙眼後面，彷彿隱約藏著一些東西。我們看得見，摸得到也嘗得到，但牠好像還藏了其他祕密。即使我們與牠距離很近，但不知爲何，卻仍然對牠感到陌生。

在心理學和藝術中，有一種獨特的不快感，被稱爲「離奇詭異」。一九〇六年，德國精神學家恩斯特・詹奇寫了一篇題爲〈心理學的離奇感〉的文章，他在文中將「離奇詭異」定義爲在我們遇到新奇陌生的事物時，湧上心頭的那股「隱約的不安」。詹奇解釋，我們之所以害怕，是因爲這份離奇感讓我們自覺智慧不足，經驗與感官的侷限，讓我們無法立刻辨識和詮釋。

佛洛伊德認爲這種分析過於草率，此時他早已棄絕鰻魚研究，成爲精神分析領域的大紅人。一九一九年，他發表〈離奇詭異一說〉，意圖反駁詹奇對此概念的定義。佛洛伊德承認，詹奇對於離奇感是由不安觸發而來的說法很正確；例如，當我們看著一具不確定是生或死的人體，或我們碰上某個發狂的傢伙，甚至目睹他癲癇發作時，就可能會有這種感受。但並非每一件新鮮事都會令人不快。佛洛伊德聲稱，要有這種感覺，還得加入其他元素，才能讓情境更加離奇詭異。我們需要的是一種熟悉感。更具體地說，在我們自認知道或理解的事物證明完全不如自己想像時，原本的熟悉成了不熟悉，這就是所謂離奇詭異的情境。可能是一個物體、一種生物、與我們初步印象完全不同的某人、一尊精心製作的蠟像、絨毛玩具、臉色紅潤的屍體等等。

佛洛伊德轉而用語言解釋他的思想。「德文的離奇詭異 unheimlich，」他寫道，「很明顯地就是 heimlich 的相反詞，heimisch 意爲『熟悉』、『天眞』、『與家庭有關』；我們都認定所謂的『離奇詭異』很可怕，正因爲我們不懂它是什麼，也對它毫無所悉。」但 heimlich 這個詞也很模稜兩可，他聲稱，因爲它既可代表隱匿神祕，卻又有相反意義。當然，unheimlich 也是如此，既熟悉又陌生。

也因此，佛洛伊德說，我們應當要理解所謂的 unheimlich 究竟是什麼，這是一種獨特的不安感。我們自認理解的事物卻隱含陌生元素，會讓人無所適從，開始不確定自己究竟看到了什麼以及它的含意。

在他的文章〈離奇詭異一說〉中，佛洛伊德爲恐懼提供了在精神分析範疇站得住腳的基礎，日後的作家與藝術家也隨之沿用。我相信鰻魚至少在其中扮演了一個小角色。

因爲，在確立這概念的語言模糊性之後，佛洛伊德轉而引用 E.T.A. 霍夫曼的短篇小說《沙人》，彰顯離奇詭異的獨特本質。《沙人》主角是一個名叫納森的年輕人，他爲了研究造訪一處陌生城市，被迫與自己被壓抑的過去面對面，就此展開他的瘋狂行徑。小時候，大人告訴納森有種叫做「沙人」的可怕生物，會在夜裡出現在孩童床邊，並偷走他們的雙眼。成年之後，納森深信自己遇上了一位由沙人轉世投生的男子，此人是販賣氣壓計與光學儀器的業務員。後來，納森愛上一個叫奧林琵亞的神祕女子，但她其實是那位氣壓計推銷員與一位名叫斯普蘭扎尼的教授創造的機器人。最後納森終於發現眞相，他在教授家看見奧林琵亞沒有生命的軀體，她的眼珠就擺在旁邊，他當場抓狂崩潰，想殺死斯普蘭扎尼。

這個短篇小說的情節在不確定的邊緣搖搖欲墜。敘事視角不斷變化：世上沒有什麼是確定已知，一切都可能眞切發生在物質的世界，也可能只出現在納森飽受折騰的心智。對佛洛伊德而言，女子竟然是機器人，「偷走眼珠」這個行爲更是象徵離奇詭異的核心符號；這就是一個明確的例子：不確定某生物是生或死，也害怕被搶走視力，失去觀察體驗世界的能力。

但也許霍夫曼的作品還有其他元素與佛洛伊德的經驗呼應。故事主角爲講德語的年輕人，他前往陌生城市學習。儘管從頭到尾都沒提到城市的名稱，但斯普蘭扎尼教授與氣壓計推銷員都講義大利文。此外，氣壓計推銷員不只賣氣壓計，還銷售各種光學儀器，包括顯微鏡，這種工具理應對從事科學的人們揭示眞相。還有，或許這是巧合，但最有意思的是，《沙人》中的神祕教授斯普蘭扎尼碰巧與十八世紀前往科馬基奧尋求鰻魚眞相，最終卻無功而返的名教授斯普蘭扎尼同名。

最重要的是，佛洛伊德在〈離奇詭異一說〉的結尾重述了自己離奇詭異的經驗。他描述自己在義大利一處「地方小城」散步；那是一個炎熱的下午，他在不知不覺中遇上一條狹窄街道，無論他看向何方，都是一個個濃妝豔抹的女人望著窗外。他走遠之後，沒多久又發現自己回到同一個地點。他又一次遠離那裡，卻又很快意識到自己第三次走回同一條街。就這樣不自覺地被帶到完全相同的地點三次，彷彿一次次在夢中重溫同樣的經歷。

他覺得這非常離奇詭異。非自願的重複，一遍遍反覆經歷完全相同的不悅場景，有點像每星期週而復始站在陰暗的實驗室，解剖一條條鰻魚，最終發現一切不如預期。「我很樂意停止散步探索，直接回到自己剛才出發的廣場。」

其實，他寫的就是第里雅斯特港經歷。在他寫給愛德瓦・希柏斯坦的一封信中，同樣描述了類似的散步經歷，一切猶如一場夢，那是一八七六年，他試圖找到鰻魚的睪丸，但沒有成功。同樣狹窄的巷弄，一樣有打扮豔麗的女人從窗戶後面盯著他瞧，顯然佛洛伊德設法捕捉這股獨特的不安與不確定感時，就是聯想到那幾週自己在第里雅斯特港挫折連連又謎樣般的遭遇。鰻魚仍在他腦海揮之不去，因為牠在人類歷史——無論是文學、藝術，以及在水面下的隱晦存在——就是這般離奇詭異，熟悉又陌生。

12 動物殺戮

我記得父親站在溪邊，背景是柔和月光與潺潺溪水，蘆葦如黑色天線從水裡冒出頭。他就站在溪床，離水邊很近，手裡緊抓著一條鰻魚。牠太小了，不能帶回家吃，眞的。但是，由於鰻魚的習性，牠已經完全吞下了魚鉤，那東西已經消失在牠的喉嚨深處，父親努力壓擠鰻魚，試圖把魚鉤弄鬆，但牠一直在他的手臂扭動，讓他的手腕因爲沾滿黏液而發光，可是魚鉤仍然取不出來。父親咬緊著牙關，輕聲說道：「你這小混蛋。」

我一面旁觀，內心逐漸不安。那層厚重的黏液幾乎是洗不掉了，它會如同膠水般滲進他的皮膚與衣服，臭氣沖天。鰻魚如鈕扣的小眼睛彷彿正盯著我瞧，卻對我的目光毫無回應。牠緩慢動作，身體像收縮的肌肉拱起，繞著自身的軸心扭動，直到白淨的下腹在月下閃閃發亮。

父親更用力捏擠鰻魚，一邊扯著釣線，設法撬開牠的下顎，但牠咬得更緊了，持續在他手中掙扎，疲軟地抗拒。鮮血從鰻魚的嘴裡滴落；父親皺著眉，語氣更輕地說：「可惡，該鬆口了，混帳！」這些話聽起來可能很兇，但他的語氣彷彿在懇求，甚至太溫柔了。他搖頭。「不成，這樣不行。」我將刀子遞給他，那把殺魚刀的刀刃早已磨平，幾乎跟蘆葦一樣薄，他蹲下來，將鰻魚壓在地上，使勁用刀尖刺穿牠的頭。

父親很喜歡動物。各種動物。他喜歡大自然，溪流或森林都好；他會閱讀與動物相關的書籍，看自然頻道；他喜歡馬和狗，如果發現少見的野生動物會讓他非常興奮。有時我們去賞鳥，只有他和我，兩人共用一副望遠鏡。我們漫無目的，四處走動，發現鳶或啄木鳥時，會來回傳遞望遠鏡。我們沒有做物種紀錄，對我們來說，這從來就不是一項運動。我們只是喜歡看鳥。

他對奇特美妙的生命形態都爲之著迷。他告訴我河邊的蝙蝠是如何使用聲納導航。「牠們什麼都看不見，視力範圍大概只到自己的鼻子，但牠們會發出銳利的高音，人耳根本聽不到，然後牠們聆聽回聲；只要回聲反彈，牠們立刻會知道前方是不是有蚊子或大樹。過程只要不到一秒。」

有時我們會聽見又高又濕的草沙沙作響，看見一條慌張的草蛇遁入溪流裡逃跑，牠頭上的黃色斑點如閃爍發亮的燈籠。偶爾，我們會發現一隻蒼鷺站在對岸，牠的脖子彎曲如魚鉤，巨大的嘴喙對著藏身地表下的生物。

父親告訴我有一隻水貂就住在溪邊，牠的體型苗條修長，幾乎全黑，夜間時會沿著水岸爬來爬去。至少他是這麼說的。我從未親眼見過，也不確定父親是否眞的看過。但有時我們會在草地上發現吃了一半的魚。「一定是水貂，」父親會這麼說。

他說，牠們可愛又狡猾，而且很危險，也許人類無所謂，但對溪流和我們之所以拜訪溪流的理由——魚類與鰻——牠們是掠食動物。「牠只是爲了殺戮而殺戮，」他告訴我。他說，水貂不只獵食老鼠、青蛙和魚，牠甚至看到什麼就殺什麼。只要牠發現眼前有東西在動，就一定要一口咬死對方。這是牠的本性。牠是入侵者，不僅影響溪流，也影響這裡的生態系統。牠幾乎能單槍匹馬清空這條溪裡的所有鰻魚。我們自認必須伸張正義。

於是父親做了一個陷阱。它是一只簡單的長方形木箱，大約一公尺長，一端有個開口，還有個活動鎖，確保水貂一旦進去就無法脫身。我們用一條河鱸當誘餌，將陷阱放在水邊，靠近陡峭的溪岸，然後我們去釣鰻魚，讓它擺上一夜。

第二天早上，我們悄悄穿過潮濕的草地，盡可能不發一點聲響走向陷阱。我們一面留意著任何動靜，幾乎可以肯定已經有動物困在裡面。但是陷阱空空如也。河鱸原封不動。無論我們在這條溪的哪個地點設置陷阱，結局都一樣，發臭的河鱸完全沒動靜。我們則連水貂的影子都沒看到。

隨著時間過去，我開始懷疑水貂的眞實性，但我也很慶幸自己不需要看到牠。萬一我們眞的抓到水貂，又該拿牠怎麼辦？我猜父親會把牠殺了。但怎麼下手？徒手殺死？還是拿刀子？他會不會將陷阱沒入溪水，好把水貂淹死？那是一隻修長美麗的小動物，雙眼明亮，皮毛滑順。殺死這種動物是對的嗎？這種感覺好不眞實，跟殺鱸魚或殺鰻可是天差地遠。

¶

人與動物差異爲何？我沒有概念。我只知道，差異確實存在，而且它堅不可摧、亙久不變。人類不是動物。

最終，我也明白，除了人與動物有所區別外，不同種類的動物彼此之間也有異同，但那條界線更爲模糊，難以定義。不同點似乎與動物本質無關，而是人類對動物的看法。如果你望著一隻動物，在牠身上看見些許自己的影子，不可避免地會讓你覺得與牠更親近。這不表示殺死某些動物會更輕鬆容易、或者本應該輕鬆容易，只是當面對不同的動物，感受都會有所區別。顯然，人類的同理心就在這裡發揮作用了。只要一隻動物凝視你的雙眼，讓你有所認同，你就更難下手了。

父親很喜歡動物，但有時他會殺動物。他並不樂意，畢竟他不愛暴力，他只是在做他認爲正確的事。從小，他就被教導人類在萬物間獨占鰲頭，最有權力，而且具有某種責任。決定孰生孰死，雖然不太確定該如何處理這份責任，或什麼時候該怎麼做，但責任本身早已無法推卸，需要一定程度的尊重。尊重動物，尊重生命，也尊重我們對牠的責任。

他在家擺了一把獵槍。它被他鎖在壁櫥的最後面；他很少用。一年有一、兩次，他會和一些我不認識的人去打獵。他們黎明出發，身穿著厚重寬鬆的夾克，頭戴綠色狩獵帽。有時他回家時會抓著一隻死野兔的後腿，全身血跡斑斑，步履蹣跚。有時他會帶幾隻雉雞回家。但他似乎很少開槍射殺牠們。他總是說開槍的是別人。他說他不喜歡在動物站著不動時開槍。或許是抽動長耳的野兔，對危險渾然不覺。要不就是在樹上咕咕叫的野鴿。他雖然站好位置也瞄準目標了，但總是扣不下扳機。

但他確實射殺了我們的貓奧斯卡。這我是知道的。那是一隻肥嘟嘟、不太親人的黑白花貓，白天都在沙發上睡覺，每天晚上牠都會從門口溜出去，直到清晨才回來。最終牠老了，病了，也累了，有一天早上牠不見了，我沒有多想，父母說牠跑走了，可能會被車撞死。很久之後我才發現其實是父親殺了牠。他拿那把獵槍殺了奧斯卡。因爲他覺得這麼做是對的。

他也企圖殺了奶奶的貓。牠同樣是又老又病又累的老貓；父親將牠帶進樹林，想讓牠從痛苦中解脫。他設法將貓與獵槍丟到後車廂，然後開車到森林最深處的一處小空地。在他停車時，他發現樹下有一小窩雉雞。很少有機會能這麼接近牠們，槍已經滿載子彈，蓄勢待發。於是他小心翼翼在車子附近埋伏，準備一隻手打開後車廂，另一隻手伸進裡面拿槍，同時又不能讓貓咪逃跑。但就在那一霎那，貓咪——

隨著年齡增長，他繼續協助屠宰的過程，有一次，他帶我一起去。當時我可能已經十歲了。我們在破曉時分出門；等我們到他父母家時，馬廄的門大開，我瞥見大水缸裝滿熱水，霧氣瀰漫，地上有刀子與刷子，爺爺牽著豬，一頭巨大柔軟的生物。我很興奮，可能還有點害怕；父親一定注意到了，因為當我們準備上工時，他轉身對我說：「其實，如果你去屋子裡找奶奶會比較好喔。」

他聲音中的嚴肅讓我有點訝異，我頓時覺得有些屈辱和失望。但當他走進馬廄，關上身後的門，獨自留下院子裡的我時，我鬆了一大口氣。

幾天後的一個清晨，當我們在溪流拉釣線時，時序是夏末，白天的溫度已經很高，高草乾裂。大蜻蜓在我們頭頂上盤旋著，溪水異常地平靜，水流不疾不徐。我站在水岸邊，靠近那顆柳樹。父親離我約一公尺遠；我們注意到我的一條尼龍線如小提琴弦般繃緊。觸摸它時，我甚至能感覺它在振動；我抓住它，感受那股熟悉堅持的抗拒力道。「是鰻魚喔，」我大聲說。

這條鰻魚體型很大，深棕色的背部及閃亮的白色下腹；我緊緊握住牠頸部，研究消失在牠緊繃下顎間的釣線。鰻魚如粗繩般不斷扭動纏緊我的手臂、手肘，而後牠突然鬆開，用尾部拍打我的臉。濃稠黏液覆滿我的雙頰。那是魚腥味、歷史，及海水的氣息。我摸索著掰開牠的嘴，看見釣線延伸到牠的喉嚨底部。魚鉤卡得很深；我甚至看不到迴圈。我花了幾分鐘拉扯釣線，設法讓手指往喉嚨裡伸，好抓住魚鉤，直到我聽見一個柔軟潮濕清脆的聲響，鮮血瞬間從鰻魚的嘴裡湧出。

「牠把魚鉤吞了，」我說。「你可以拿出來嗎？」

父親把身體彎得更近，研究起鰻魚。

「可憐的小東西，」他說。「魚鉤卡在那裡好好的，不是嗎?你幹嘛這麼做？」

然後，他挺直身，又看著我。「不，你來處理，你可以應付的。」

13 海面下

儘管鰻魚激起了人們各種錯綜複雜的矛盾情緒，但其實身處自然棲地的牠，給予外界一種相當歡樂的形象，牠不擺架子，也不會讓場面變得難看，周圍環境給牠什麼牠就吃什麼。牠安然待在邊線，不求眾人的焦點，也不盼大家的讚賞。

這麼說好了，鰻魚跟鮭魚可說是天差地遠，鮭魚渾身閃閃發亮，總是在湍流中大展矯健的身手，英勇的跳躍，可說是一種自我感覺良好的虛榮魚種。鰻魚，則相對自得其樂。牠不覺得自己的存在有什麼大不了的。

於是，鰻魚與鮭魚天差地遠，二者都是遷徙魚種，可在淡水生活，也能在大海生存，而且都有變態的過程，但牠們的生命週期在最關鍵的環節大爲不同。

鮭魚是所謂「溯河繁殖」的魚種，牠在淡水繁殖，大約一年後，後代游向大海，在那裡度過大半輩子，沒幾年後（鮭魚顯然沒有鰻魚的耐心），性成熟的鮭魚再游回淡水水域繁衍。

鰻魚的一生與鮭魚有點類似，但方向相反。牠是「降河洄游」的生物，生活在淡水中，但在海水裡繁殖。有一個更微妙卻又難以定義的細節也使鮭魚及鰻魚彼此不同。當鮭魚在河流洄游時，牠總是回到父母繁衍的同一個地點。每一條鮭魚可說都是遵循著祖先的腳步。不知爲何，牠總是知道那是牠必須回去的地方。鮭魚可以在大海過得無拘無束、自由自在，但最終會回到自己的出生地，並加入牠注定同行的友伴同類。這表示來自不同水域的鮭魚群之間存在著明顯的遺傳差異。這麼說好了，鮭魚在生物學上與牠的來源地緊緊相連，不允許越界存在。

當然鰻魚也會回到牠的出生地——馬尾藻海，沒錯！——一旦牠抵達這片無垠的海域，牠就會遇上來自歐洲各地的鰻魚，接著不分彼此的出生地，進行繁衍，傳宗接代，對鰻魚而言，起源與家庭或生物歸屬無關，它只是個地理位置罷了。之後，在小柳葉體漂往歐洲海岸、搖身成爲玻璃鰻時，牠便會隨機選擇一條水道，恣意往上溯游。牠想在哪裡度過自己的成年生活顯然與前幾代毫無關聯；特定的鰻魚爲何單挑特定的河流仍然是個謎。這表示，歐洲不同地區鰻魚的基因變異都可以忽略了。每一條鰻魚在浩瀚的地球自有位置，不需嚮導，不靠傳承，單打獨鬥就行。

也許鰻魚的命運比起天生缺乏獨立性的鮭魚更容易讓大家認同。或許因爲如此，謎樣疏離的鰻魚仍讓人們著迷。畢竟你想想，我們都認識某個深藏不露的傢伙，也知道幾個無法讓人馬上清楚身分背景的人。鰻魚的神祕也等同於人類的神祕。而且，尋求自己在世上的位置：當然了，說到底，這不就是最普遍共同的人類經驗嗎？

¶

當然，我這是在將鰻魚擬人化了，迫使牠超越目前的形象或牠期待的模樣，這麼做可能會令人存疑。把人類的特質性格付諸在非人類生物的身上，在文學四處可見。例如：童話故事及寓言，常將動物擬人化，使牠們思考、說話與感受，於是，動物有了道德標準，甚至按照特定的價值觀行事。在宗教也很常見。神的存在被賦予人類的型式特質，讓祂們的言行舉止更爲實際。阿薩神族是僞裝成人類的神。耶穌是神之子，但也是人。只有同時身爲二者，祂才能聯繫凡世與神，成爲人類的救世主。這一切的中心關鍵，就在於認同，在不熟悉之處找到熟悉點，進而理解它，感覺與它更接近。就像肖像畫家就是會將自己的一部分畫進作品裡一樣。

但科學無法接受擬人化。科學聲稱處理純正不二的客觀價值，眞理只會出現在顯微鏡下。它就事論事，描述世界本來的模樣，不顧它似是而非的那一面。鰻魚不是人，因此不能被比做人類。任何對知識具有客觀態度、實證精神的人，都不得以這種方式談論動物。世界上唯有人類才能以同樣的感受體驗世界。

但瑞秋・卡森筆下就是這樣描述鰻魚的。她將牠擬人化，把鰻魚描述爲有知覺的生物，擁有五官感知，是一種有記憶與理性的生物，牠有可能天生注定遭遇各種磨難折騰，也可以開心享受生命的光明面。她這麼做有自己的理由。等到科學史蓋棺論定的那一天，瑞秋・卡森將脫穎而出，成爲我們理解鰻魚，甚至認識浩瀚繁複的地球生態貢獻最大的人。

瑞秋・卡森是二十世紀最具影響力的知名海洋生物學家之一。她一開始是海洋及其住民的專家，撰寫了幾本關於海洋生物的書籍，最終成爲當時正萌芽的環境運動的先驅與偶像。在許多方面，她都非凡獨特。

卡森於一九〇七年五月出生，在賓州斯普林代爾的一座小農場長大，這裡離雄偉的阿萊格尼河僅咫尺之距，在她人生的最初幾年，就是這裡啓發了她終生對動物與大自然的濃厚興趣。自小她就熱愛森林、濕地、鳥類和魚類。大河以及河裡的一切特別令她著迷，那些滾滾流水攜帶著的數不盡的萬物生命。

儘管如此，她的專業學問絕非天生注定。她的父親是四處旅行的推銷員，母親是家庭主婦。這家人經濟拮据，追求學術事業並非理所當然，但她的母親結婚時放棄了教師生涯，非常鼓勵女兒對大自然的興趣。她常帶著瑞秋散步許久，研究植物、昆蟲及鳥類。她訓練女兒觀察的藝術，教她注意細節，灌輸瑞秋尊重熱愛生命的多樣性。瑞秋・卡森一學會讀寫，就開始製作小書，書中鉅細靡遺以眞實的細節描述老鼠、青蛙、貓頭鷹與魚類。據說她很孤單，幾乎沒有親密好友，但在大自然中，她卻從不感到孤獨或格格不入，她比任何人都瞭解這個世界。

最終她在十八歲時還是上了大學，高中畢業時，她在班上名列前茅，母親賣掉了家傳的瓷器支付大學學費。一開始瑞秋研讀歷史、社會學、英語和法語，但從她在大學寫的第一篇文章中，就顯現了她畢生的核心興趣：「我喜歡大自然中所有美的事物，野生動物就是我的朋友。」兩年後，等她二十歲時，她得到了改變一輩子的體認，她自己稱之爲頓悟。有一天，她突然意識到自己應該把一生獻給海洋。海洋將是她所有好奇心與學術天賦的焦點。「我意識到，」她後來寫道，「我自己的道路通往大海——直到那時我才眞正看見——我的命運終點會與大海有所連結。」

大海有什麼能吸引瑞秋・卡森？她的選擇看來似乎很武斷。畢竟她從小並不在海岸邊長大，從來沒有看過大海，或將腳趾伸進海水裡，也從未聽過浪花衝擊岩石的聲音。然而，這一切卻又如此不可避免。彷彿她正沿著滔滔大河追蹤某種氣味，不顧湍流，一路循著它直至源頭，而那裡就是大海，萬物的根源。這就是她頓悟的核心。我們都從大海而來，希望瞭解這座星球上生命的人們都必須瞭解海洋。許久之後，在一九五一年題爲《大藍海洋》的作品中，瑞秋以有別於多數海洋生物學家的方式，闡述了自己的精闢洞察，文筆既科學又詩意：

> 上岸時，適應陸地生活的動物們體內帶了一部分的海洋，並將這些遺產傳承給自己的後代，時至今日，每一隻陸地動物的起源都與古代海洋息息相關。魚類、兩棲動物、爬蟲類、恆溫飛鳥與哺乳動物——我們的血

管流淌著一條鹹水溪，其中鈉、鉀、鈣的含量，幾乎等同於海水中這些元素的比例。數百萬年前，某位遠古先祖從單細胞進化成多細胞，發展出了循環系統，而其中的循環液體就是海水。

因此，水創造了我們，我們全都來自自己那片神祕的馬尾藻海。「正如生命源於海洋，我們每一個人也在母親子宮的迷你海洋，啓動了自己的生命。」

¶

一九三二年秋天，瑞秋・卡森剛開始海洋生物學的碩士課程，在實驗室的一角，她養了一大缸的鰻魚。她想研究鰻魚對鹽度變化的反應。她想瞭解這種動物如何應付生命週期中的劇烈變化，牠如何迎戰命運，面對漫長無望的遷徙過程以及神祕的變態過程。她一直沒有完成這項研究，但她顯然很在乎鰻魚。她會向朋友炫耀鰻魚，告訴他們鰻魚謎樣般的生命週期，牠們如何長途跋涉來到馬尾藻海。她對鰻魚的迷戀終將持續，到最後她都沒有捨棄牠。

然而，她的學術生涯夢想嘎然中止，一九三五年七月，卡森的父親過世，她突然發現自己必須在經濟上支援母親與姐姐，她在實驗室工作的微薄薪資根本入不敷出，起初的雄心壯志與自我實現，如今只得屈服於責任義務與家庭忠誠。但是，透過她在大學的人脈，她有機會用自己長年以來培養的另一個興趣——寫作——賺取固定收入。她開始為一部關於海洋生命的廣播系列撰寫劇本。節目共五十二集，每集長度七分鐘，她介紹聽眾認識許多水生物種，內容精準又富含教育意義，讓外行的聽眾越聽越有興趣。她的頂頭上司單位美國漁業局對成果極其滿意，立即指派另一項任務給她：為一本介紹海洋生物的小冊子撰寫序文。她將文章命名為〈水的世界〉，這是關於海洋生命的故事，描述大海下的生物，牠們在那裡度過一生，獵食或被獵，出生、繁衍，最終死亡。文章內容根基於她紮實的海洋生物知識，文采豐富創意十足，能深刻觸動讀者的內心。主管看了這篇文章後，覺得不適合拿來當局裡的宣傳文本，與他想像的差距太遠。這篇文章應當是文學作品。

「我們大概用不上它，」他說。「但妳可以投稿給《大西洋月刊》。」

最終她就這樣成爲了作家；瑞秋・卡森的道路又走回了大海，回到一切的初始，她的生命與工作也不斷繞著想要認識這個源頭的意念打轉。

¶

瑞秋・卡森的第一本書在一九四一年出版，名爲《海風下》，以她一篇發表在《大西洋月刊》的文章作爲延伸發想。她將海洋描述爲遼闊多樣的環境，展現它最深處的豐富面向，超越人類的目光與知識。她希望藉此點出更宏大普遍的事物：萬物其實相互牽動，脫離不了彼此。在寫給編輯的一封信中，她寫道：「這些故事不只在挑戰我的想像力，也讓我們更清楚瞭解人類的問題。它們正如大海或太陽或雨水，不知歲月何年。」

於是她轉而運用一個極不尋常的文學手法，這對海洋生物學家來說相當罕見。她用了童話寓言常見的擬人化。書的第一部分描述水邊的生態，第二部分則是大海，第三部分則概述海底發生的一切。每個部分都以特定的動物爲中心。第一部分，我們遇上了一隻海鳥，一隻生活在海邊的黑剪嘴鷗。牠捕食小魚及螃蟹，隨著季節與潮汐遷移，在繁複龐大的生態體系完美適應。這隻鳥不僅有著完整的背景介紹與個性，甚至被賦予了「雷徹普」這個衍伸自牠拉丁學名的名字。故事中，居住在獨特沙灘環境的雷徹普還遇上了許多動物：蒼鷹、海龜、寄居蟹、蝦、鯡魚及燕鷗。人類不過是遠方背景的陌生生物罷了。

第二部分，讀者遵循類似的手法，跟著一條叫做「史康柏」的鯖魚在遼闊大海巡遊，牠身處一處巨大的淺灘，四處可見海鷗、鯊魚和鯨魚，但只有在無臉人類將拖網扔進大海時，牠才受到嚴重的生存威脅。

在這本書的第三部分、也是最後一部分，我們認識了鰻魚。想當然爾，瑞秋・卡森找不到更能詮釋海洋令人讚嘆的複雜性的代表了。她在寫給出版商的一封信中解釋：「我知道很多人一看到鰻魚就打哆嗦。對我來說（我深信任何認識它經歷的人都會同意）一看見鰻魚，便宛如遇上了一位曾經踏足地球最遙遠美妙角落的人；轉瞬間，我就能看見鰻魚曾經造訪的奇特異鄉，畫面栩栩如生，全是身爲人類的我永遠無法探尋之處。」

故事始於一處高聳丘陵下方的比特恩湖。湖離大海約三百多公里，燈心草、香蒲與布袋蓮環繞著它生長；兩條小溪注入湖心。我們的主角就在湖光山色的畫面中登場了。「每年春天，一些小生物會陸續出現在水草茂密的水道，進入比特恩湖，牠們已經在大海走過了三百公里的旅程，牠們的身形奇特，像是細長的玻璃棒，比人的手指略短。」

接著瑞秋・卡森聚焦於一條十歲的雌鰻，她叫牠爲安圭拉。安圭拉還是小玻璃鰻時就來到小湖，牠一輩子都住在那裡，白天牠躲在蘆葦叢，晚上狩獵，「因爲牠跟所有的鰻魚一樣都熱愛黑暗。」牠在柔軟溫暖的湖床歇息，「因爲牠跟所有的鰻魚一樣都熱愛溫暖。」安圭拉是個時有所感、認眞體會的生物，牠記得自己的過去，懂得痛苦與愛。最終，牠出現了某種莫名的渴求。因爲當秋天來臨時，安圭拉變得不一樣了。牠突然想離開，那是一種模糊、無法言喻的渴望，就在夜黑風高的一晚，牠朝著出水口前進，持續游向小溪河流，一路游了三百多公里，最終抵達遼闊的大海。讀者一路跟隨，陪牠經歷重重的障礙與考驗，朝著馬尾藻海前進。路程險峻幽深，「海底盆地」猶如無底洞，四下漆黑瘖暗，水流走得緩慢滯礙，「正如歲月般刻意無情。」

等到安圭拉與其他成鰻從讀者眼前與人類知識中消失後，我們的注意力轉移到微小彷彿失重的柳葉體上，「牠們是成鰻曾經存在的唯一證明，」這群柳葉體朝另一個方向移動，在漫長的旅程中，於洋流間載浮載沉，橫渡大海，穿越大陸棚，朝著那片「曾經是海洋」的陸地移動。

《海風下》於一九四一年在美國各大書店上架。上市的時機很不妙。一個月後日本便襲擊珍珠港，世俗事務打斷了一切。美國參戰，大眾對鰻魚、鯖魚及剪嘴鷗的童話故事毫無興趣。這本書賣了不到兩千冊，很快就被大眾遺忘了。

不過，最終人們再次拾起它了，它經過一次次改版，一代代的讀者，廣受人們喜愛。最首要的原因是它描述海洋的口吻絕美夢幻，儘管是文學作品，但完全由科學的角度出發。當然，瑞秋・卡森刻意讓動物擬人化，她的創作有其目的。她使用撰寫童話的手法，卻從未逾越科學與現實的界線。鰻魚說話與行爲的模式與眞實動物並無二致，她只是企圖想像鰻魚因應世界的模樣，牠如何經歷所有的磨難、變態與奇特的遷徙週期，描述的內容既精準又清晰。她在第一版的前言解釋，「我提過一條『害怕』敵人的魚……不是因爲我假想魚的恐懼跟我們一樣，而是因爲我認爲牠的行爲表示牠很害怕。對一條魚而言，反應主要出現在肉體行動；人類則是打從心底恐懼。如果我們企圖理解魚的行爲，就必須用最符合人類心理狀態的詞語描述。」

就這樣，人們首度瞭解鰻魚的行爲，或者至少比之前更容易理解這種生物了。瑞秋・卡森的認知，及她之所以在自然科學史突出獨特，在於她在另一種生物身上看見了自己，她努力想要理解。她認同動物，這種認同賦予她能力與勇氣，讓她將牠們擬人化。她牴觸了傳統科學的大忌：給予鰻魚意識，一種近乎人類的覺知，同時她設法接近牠。她這麼做並非因爲她就嚴格科學定義而言，認定鰻魚擁有此類意識。她希望能幫助人類更瞭解鰻魚是何等獨特複雜的生物。讓鰻魚好好當鰻魚，成爲我們多少可以認同的生物。儘管鰻魚依舊神祕難解，但至少不會全然陌生。

¶

那麼，鰻魚與人類究竟有什麼差別？我們之所以為人的普遍定義是我們能意識自己的存在，進而擁有影響存在的渴望。至少歷史上都是這樣看待人類與動物。

十七世紀時，笛卡兒聲稱，除了人類之外，所有的生物都應該被視為「自動機」。動物只是軀體，牠們的行為只不過是機械反應。人類則擁有動物所缺乏的東西——靈魂。靈魂帶動思考，這就是意識存在的證明。故，人類有意識，因為他們有靈魂。動物沒有靈魂，因此沒有意識。

在靈魂的協助下，人類超越動物，也超越了時間更迭。靈魂概念至今仍與人類為個體的概念相繫互連。同時，「個人」二字又代表不能分割，一個即使外在條件全都改變時，仍保持整體不變的單位。由於人體與人類生活的外在條件一樣會有所變動，必然有恆久不變的事物讓我們身而為人。能讓我們不朽的，自古以來，就是靈魂。

話雖如此，人與動物間的特殊區別並非從未受過挑戰。卡爾・林奈於一七五八年出版了他不斷修正的《自然系統》第十版（此版本通常被認為舉足輕重，因為它是動物命名規約的開端），對先前版本有所爭議的內容加以修訂。林奈在書中重新將鯨分類到哺乳動物，蝙蝠也從鳥類分類為哺乳動物。但書中，他暫時抹去了人類與動物之間的界線。在此特定版本中，他將人類與紅毛猩猩放在同一屬，亦即人屬，於是根據林奈的理論，紅毛猩猩也是人。所以話說回來，我們這群智人終究不過是人屬在地球上的成員之一，人類並不如自認地那般獨一無二。

這是科學上的錯誤，後來很快就修正了，但即便如此，它仍然提出了有趣的論點。假使紅毛猩猩是人，是否表示牠們有靈魂？牠意識到自己的存在嗎？如果是這樣，人類與紅毛猩猩又有何區別？一旦這等差異被抹去，人類、蝙蝠或鰻魚的眞正的差異又在哪裡？

最終查爾斯・達爾文出現了，一勞永逸奪走了我們永恆的靈魂。進化論不允許靈魂不變的概念，因爲它假定所有生命以及牠們的每一個部份都是可改變的。人類就是動物之一。隨著時間過去，現代科學迅速發展，地球上的動物反而更像我們了。就算不是靈魂，那麼，牠們至少也有其意識。我們今天知道動物擁有比我們之前認定的更繁複的覺知。研究顯示，包括魚類等等的多數動物都可以感受疼痛。另有跡象顯示，動物能體會恐懼、悲傷、身爲父母的感受、羞愧、遺憾、感激，以及我們可稱之爲愛的東西。

動物如靈長類及烏鴉，牠們可以執行先進的心智任務，學會與同類及其他物種互動溝通，牠們能夠想像未來，拒絕眼前的嘉獎，以換取稍後可能會有的更大的獎勵。歷史上我們曾經假設，足以區別人類與動物的差異及標準——意識、個性、工具使用、未來概念、抽象思考、問題解決、語言、遊戲、文化、感受悲傷、失落、恐懼或愛——全都證明有所疑義，例證不足，甚至認定全然錯誤。其實就某種程度而言，這些差異早已不存在。站在鏡子前的烏鴉知道牠正看著自己，表示牠知道自己的存在，牠能否表達自己已經不重要，唯一確定的是，牠眞的知道。

¶

所以鰻魚有其意識，至少某種程度是如此。但牠能意識自己的存在嗎？如果牠可以意識到的話，鰻魚的感覺是什麼？牠對自己的諸多變態、漫長等待與長途遷徙有何體會？牠覺得無聊嗎？急躁？孤獨？當最後的秋天來臨，牠的身體越來越健壯，體色轉灰，被某種深不可測的力量驅策游進大西洋時，鰻魚又是什麼感覺？渴望積極？意猶未盡？害怕死亡？一條鰻魚究竟會有什麼感受？

瑞秋・卡森將鰻魚擬人化，讓我們更理解牠，深入理解牠的行為。但這是否代表，人類可以眞正瞭解鰻魚？

過去幾十年，上述問題變得越來越關鍵。哲學家湯瑪斯・納格爾在一九七四年寫了一篇關於思想哲學的知名文章。他將文章命名為〈當蝙蝠是什麼感覺？〉，這個看似簡單的問題，答案也很簡短：我們絕對不會知道的。

納格爾假設所有的動物都有意識。意識是種心態。是對世界的主觀體驗，是人類感官對週遭事物的描述。即便如此，人類也永遠無法完全理解身為蝙蝠、鰻魚或想像中的外星人，是什麼感覺。身為人類的經驗侷限了我們對其他物種意識的想像。

例如，蝙蝠的意識狀態就與人類完全不同。牠主要透過回聲感知世界。我們之所以知道這一點，必須歸功於義大利科學家斯帕蘭・扎尼，此人與霍夫曼的短篇小說《沙人》那位神祕教授同名，當年他尋找鰻魚繁殖眞相時也沒有找到答案。不過，在一七九〇年初，斯帕蘭・扎尼對蝙蝠進行了一些突破性的實驗，並因此得出結論：蝙蝠在全然漆黑的室內可以不受阻礙地飛行，也不會相撞。他甚至抓了許多蝙蝠，取下牠們的眼睛，將牠們釋放回野外。過了幾天，他設法抓回這幾隻盲眼蝙蝠，將其解剖，在牠們的胃部發現剛捕獲的昆蟲。換言之，蝙蝠可以在不使用雙眼的情況下狩獵導航。於是斯帕蘭•扎尼提出，蝙蝠善用的是牠們的雙耳。

蝙蝠在夜間飛越河面，什麼都看不見，但會發出急促高頻的噪音，一碰到周圍的物體與生物時就會回彈。這些回聲再由蝙蝠處理詮釋，以建立周遭世界的詳盡圖像。歸功於這種能力，蝙蝠可在完全黑暗的環境中高速飛行，穿越樹枝而不至於撞到。牠甚至可以從飛蛾翅膀發出的聲音回彈來辨識不同的蛾類。蝙蝠遇上的一切，都有自己獨特的回聲模式，這是牠理解周圍環境的方式。於是，蝙蝠對世界的感知由一連串的回聲組成，同時也形塑了蝙蝠對世界的感覺。

人類意識基本上截然不同，假使我們企圖想像當蝙蝠是什麼感覺，根據納格爾的說法，人類的意識會限制我們的思維。

儘管我試圖想像自己有翅膀及糟糕的視力，或幻想自己在三更半夜飛過河面，用嘴巴抓蟲子，要不就是發射某種音訊信號，接收物體回聲，但這些全都不夠。「就我想像力所及（而且其實那畫面還算清晰），」納格爾寫道，「這只讓我知道我會如何以蝙蝠的模式行事。但問題不在這裡。我想知道蝙蝠身爲蝙蝠是什麼感覺，但如果我設法用想像的，絕對會被我自己的心智侷限。」

納格爾聲稱，問題不限於人類與動物之間。比方說，一個聽人要如何想像一個出生就失聰的人如何看待這個世界？視力健全的人又要如何對天生眼盲者解釋一幅畫？

讓納格爾不以爲然的就是所謂的「簡化論」，意即「複雜的概念可以透過更簡單的概念詮釋。」例如，我們可以靠研究描述另一種生物大腦的物理或化學的過程，理解牠的心智。簡化論向來從小見大；個體乃由小單位元素組成，而這些單位元素又能被個別詮釋，讓個體更容易理解。

納格爾認爲簡化論還不夠。只要提到意識，就有人類完全未知的領域，向來如此，直到人類時間告終，再也不存在。有些事物總是無法在我們的掌握之中，無論是蝙蝠或鰻。我們可以學習這些生物從何而來，如何移動導航，人類可以瞭解牠們，但我們卻永遠無法完全與牠們感同身受。

因應這個世界的運作，這很合乎邏輯，而且再正確不過。但想到瑞秋・卡森確實達成了不可能的任務，讓我們從另一個角度看待萬物，依然非常動人。她沒有透過簡化論、實證主義，或甚至傳統科學，後者認定唯有顯微鏡下才得以見真理，她只是單純對人類某一獨特能力擁有堅定信念罷了，那能力，就是想像力。

¶

有個童話故事是這樣的：從前從前，有一個小男孩抓到了一條鰻魚。男孩名叫山姆・尼爾森，那是一八五九年，他八歲。山姆・尼爾森將抓到的小鰻魚丟進他家農場的井裡，農場位於瑞典最南方斯堪尼省東南部的布蘭特維克。後來，那口井被用一片沉重的石蓋密封了。

那條鰻魚就這麼待了下來，獨自待在黑暗中，靠偶爾落入深井的昆蟲維生，切斷與世俗的連結，沒了大海、天空與星星，就連生存的意義也被剝奪了：回家的旅程，回到馬尾藻海，那能圓滿牠生命的海域。鰻魚一直沒死，外面的世界卻物換星移，鰻魚在十九世紀末時依然活著，與牠同期的同類早已變得強壯閃亮，準備出發到馬尾藻海產卵死亡。山姆・尼爾森長大成年，最終他離世時，鰻魚依然還在，甚至經歷了山姆・尼爾森的孩子、孫子與曾孫的生與死。

鰻魚活了很久，聲名大噪。人們從世界各地不遠千里而來，低頭望向井底，期盼可一瞥牠的身影。牠成了與往昔年月活生生的連結。一條被剝奪生活的鰻魚竟然唬過了死神。也許牠原本就該永恆不朽？

不過，稱之為童話故事既不正確，也不公平。布蘭特維克的那口井真有一條鰻魚，這點毋庸置疑。牠在那裡已經很長一段時間，看來也是事實。唯有與山姆・尼爾森相關的軼事難以舉證。布蘭特維克鰻魚究竟在井裡生活了多久，至今仍疑雲重重。

當然還是有人嘗試解答。二〇〇九年瑞典自然頻道節目《自然之中》，造訪了那座布蘭特維克農場。當時根據傳說，鰻魚已經一百五十歲了，節目單位希望透過記錄牠的存在，多多少少排除牠的傳奇，讓牠走回現實世界。

那是瑞典自然頻道最戲劇化的時刻：電視團隊設法拉開龐大沉重的方形巨石，往下看進井裡，井深不超過五公尺，兩旁鋪砌石頭。當然，大家都沒看見那條鰻魚。他們裝了一個幫浦，將水井抽乾，仍然不見鰻魚蹤影。主持人馬丁・埃姆泰尼斯爬下井底，在濕滑石縫間搜索，什麼也找不到。

大夥正準備將石蓋放回去時，突然瞄見混濁水底有點動靜；埃姆泰尼斯又下去檢查了一次。

那條鰻魚，神祕的布蘭特維克鰻魚，終於讓這群人給拉出水面，牠可著實是條奇特生物。牠很小（五十多公分），身形單薄，體色蒼白，但眼珠卻異常地大。儘管其身體部位已經萎縮，以適應在狹窄水井的生活，但牠的雙眼卻比普通鰻魚大了好幾倍——彷彿想彌補自己看不見的光線。在水井旁草地蜿蜒滑行的牠猶如異星訪客，這是一個唯有黑暗與孤獨相伴的悲慘生物，外型怪異奇特的牠，如今卻被拉到光裡，準備進入凡間。

「布蘭特維克鰻魚的傳奇有可能是眞的，」埃姆泰尼斯事後評論。或許牠眞有一百五十歲。一百多年來，牠住在如此惡劣的環境，電視團隊認爲擾動鰻魚會對牠帶來過度壓力，恐怕會加快牠見死神的速度，因此測量檢查鰻魚後，他們將牠放回井裡，回到黑暗，讓牠就這麼挺過歲歲年年。

布蘭特維克鰻魚又活了幾年，最終才屈服於生命的循環。二〇一四年八月，井主發現牠死了。牠的遺骸被運到斯德哥爾摩的淡水實驗室，人們希望可以利用牠內耳耳石的日周輪與年周輪，確定其年紀。可惜大家連耳石都沒找到；也許那細緻的晶體結構早在牠身體腐化時也就隨之消失。井底的沉積物也被挖出來篩選，同樣沒見到耳石。就算經歷滄桑，無法抵抗死神召喚，但鰻魚最終還是唬過人類了。

¶

罔論布蘭特維克鰻魚的精彩傳奇是眞是假，但鰻魚的壽命確實很長。目前世界紀錄最長壽的鰻魚，是一八六三年一名十二歲男孩弗里茨・內茨勒在赫爾辛堡抓到的。當時鰻魚只有兩歲，身形極薄，不超過三十公分。牠才剛從馬尾藻海的長途旅行抵達，由玻璃鰻變成黃鰻，一路游晃到埃勒松德，沿著一條名為哈所巴肯的水道上溯，當時這條水路直直穿過赫爾辛堡中部的一處公園。鰻魚才溯游了幾百公尺，就讓弗里茨・內茨勒抓到了。他替鰻魚取名為「普特」，將牠放在他家小公寓的小水族箱。鰻魚老了，但體型沒有長大，一年年過去，鰻魚仍然處於幼年狀態，修長細薄，只有三十多公分長。

普特大約二十歲時，弗里茨・內茨勒的父親弗里茨醫生（父子同名）過世了。有一段時間，鰻魚和主人分開，普特在赫爾辛堡不斷更換主人與住所，牠可能也在隆德住了一段時間。

一八九九年牠快四十歲時，回到了小弗里茨・內茨勒的身邊。此時，小弗里茨也跟父親一樣成爲醫生。普特的體型依舊很薄，只有三十多公分長，在黑暗公寓的小水族箱過了這麼多年後，牠的雙眼大得不成比例，就像那條布蘭特維克鰻魚。據說，普特懂得吃弗里茨手裡的食物。有時是肉，有時是魚；牠最喜歡小牛肝切塊了。

最終，普特鰻魚比抓到牠的人還長壽。一九二九年小弗里茨・內茨勒去世時，牠也快七十歲了，幾年後牠與另一家人同住，後來終於被捐給赫爾辛堡博物館。那是一九三九年。一九四八年時，了不起的八十八歲普特鰻魚終於壽終正寢。

普特被製成標本，存放在博物館的儲藏室。根據其目錄內容：「普特鰻魚存放在有蓋子的水族箱，內有液體與岩石。」水族箱六十公分長，製成標本的普特則不到三十公分。

就這樣，普特鰻魚可能活了近九十年，但從人類的角度而言，牠仍是一個青少年。因爲就跟布蘭特維克鰻魚一樣，普特不只是一條體型不大的鰻魚；牠一直沒有經歷最後一個成爲性成熟銀鰻的變態階段。因此，另一個鰻之謎再度浮現：鰻魚如何啓動自己的轉換？鰻魚怎麼知道生命何時結束，而馬尾藻海何時開始呼喚牠們？是什麼樣的聲音，讓牠感覺自己該出發了？

一切不可能只是隨機發生，顯然不管鰻魚活多久，都可以暫停自己的衰老進程。一旦情勢需要，最後一個變態階段就會無限期推遲。假使鰻魚不能自在地朝馬尾藻海出發，牠就不會經歷最後的變態，不會變成銀鰻，也不會性成熟。牠耐心等待，幾十年也好，直到時機出現，或自己毫無體力。生命最後不如預期展開時，鰻魚有本事暫停一切，甚至無限期延緩死亡的降臨。

一九八〇年代，愛爾蘭一項科學研究捕撈了大批性成熟的銀鰻，發現鰻魚的年紀差異極大——牠們都正在前往馬尾藻海的路上，都處於生命的最後階段——最小的只有八歲，最大的五十七歲。但牠們的發育階段相似，所以等於年紀相仿，可是年紀最大的鰻魚活過的年月，卻整整是最年輕鰻魚的七倍。

此時我們就得自問：這樣的生物又是如何看待時間？

對於人類來說，時間更迭不可避免地與衰老過程有關，老化過程遵循一個可預測的時間弧線。技術上而言，人類沒有變態；我們的內在與外表都會產生變化，但看來差異不大，當然整體的健康或許因人而異；也可能生病或受傷，但普遍而言，我們大致知道何年何月自己會經歷哪種新階段；人類的生物時鐘並不特別有彈性；我們總是清楚自己何時算是青春歲月，幾歲開始會出現老化症狀。

相反地，鰻魚每一次變態都長得不一樣，牠生命週期的每一階段都可以延展或濃縮，根據牠生活的環境住所。牠的老化似乎與時間無關。

像鰻魚這種生物會將時間視為過程，或者比較像一種狀態？簡言之，牠測量時間的方式與我們不一樣嗎？也許，是所謂的海洋時間？

瑞秋・卡森宣稱，在海底深處，也就是鰻魚產卵死亡的地方，時間推移的方式跟我們知道的不同。在海底，時間在某種程度上超越了它的用處，與現實經驗毫無關聯。海底的常規時間並不存在。那裡沒有白天，沒有黑夜，不見四季；萬物都有自己的節奏。瑞秋・卡森的《海風下》中提到馬尾藻海下方的迷宮深淵，「變化來得緩慢，年歲的流逝沒有意義，任何事物都不見輕重緩急。」她的《大藍海洋》則提到，在映照夜空繁星的遼闊海洋航行，遠眺地平線，時間與空間彷彿都是無限：「而後，彷彿未曾登上陸地，他只知道一個眞相，他的世界是水世界，這行星由覆蓋它的海洋支配，陸地不過是短暫入侵海平面罷了。」

到目前爲止，我們所發現最古老的生物都來自大海。二〇〇六年冰島外海撈上一隻叫做「明」的北極蛤，年紀至少五百零七歲，科學家估計牠大約在一四九九年出生，當時哥倫布才抵達北美洲沒幾年，時值約莫是中國明朝。要不是因爲科學家爲了詳細確定其年紀，意外殺死了牠，誰知道這隻蛤還能活多久？在中國東方的太平洋上，有一種叫做「玻璃海綿」的有機體，顯然有本事活上一萬一千多年。在海底，地球自轉與太陽起落沒有意義，生物衰老也似乎遵循不同的規律。假使眞有永恆或近乎永恆的生命存在，唯有走進大海才能找到。

¶

鰻魚或許不會長生不老，但幾乎也算是了，如果我們讓自己稍微將牠們擬人化，我們必須自問，牠們的時間這麼多，究竟是怎麼打發的？大多數人會說，無聊度日最糟糕了。鎮日無所事事，漫無目的等待，令人難以忍受，時間感覺無所不在，滯悶難受。整整一百五十年只能待在黑暗井底，孤獨寂寥，所有的感官感受都被剝奪，光想像就讓人不寒而慄。一旦無事可做，也沒有其他體驗足以讓我們忽略時間，時間便會搖身成爲令人無法忍受的怪物。

我想像獨自處於黑暗一百五十年之久，這就像陷入無盡的失眠夜，分分秒秒不斷累積，又像在玩怎麼樣都拼不完的拼圖，這只會讓人徹底失去耐心，意識時間流逝，卻又無法讓牠加快速度。

對鰻魚而言，其實不太一樣。動物對乏味的感受或許與人類不同。動物沒有具體的時間概念，不懂分秒年月，以至於一輩子。也許無趣不會讓鰻魚失去耐性。

但另有一種不耐或許是人與鰻魚共有的——被迫忍受毫無成就的感受——計劃被終止的不耐。

我就是這麼想布蘭特維克鰻魚的，即使牠活到一百五十歲，無論牠能推遲死亡多久，卻再也沒有時間完成自己注定的旅程，圓滿自己存在的意義。牠克服了所有的障礙，壽命超越身旁所有的生物，捱過漫長無望的生命週期——從出生到死亡——整整一個半世紀。但即便如此，牠卻再也沒有回到家鄉馬尾藻海，環境使然，讓牠必須困在無止盡的等待裡。

於是我們學到，時間是不可靠的夥伴，不管分秒過得多麼慢，生命仍然可以在一眨眼間告終：我們生來就有家，有傳承，我們盡一切可能讓自己從這個命運中解放，也許我們會成功，但很快地，我們會意識其實自己別無選擇，只能回到源頭，假使回不去，生命就不是真正的完整，就這樣，在那突如其來的頓悟中，我們感覺到自己終生就猶如活在漆黑不見天日的井底，對自己是誰渾然不覺，然後有一天，我們發現，一切都已經太遲。

14 鰻魚陷阱

我們住在一間白磚小屋裡——我母親、我父親，姐姐、妹妹和我。我們有車庫、一片草坪、幾顆果樹以及一間溫室，我父母在那裡種蕃茄。我們都有自己的房間，一間有浴缸的浴室，一個像樣的廚房，客廳掛了幾幅畫，但我們幾乎不在那裡活動。我們有一間放了大沙發的起居間，還有一個地下室，那裡拿來當洗衣間與鍋爐室。我家花園種了馬鈴薯、紅蘿蔔與草莓，還有一處堆肥，可以在那裡挖到肥肥的蟲子。我們還有一張乒乓球桌、紡織機外加一個冷凍櫃，甚至有一間蒸餾室可以釀私酒，每隔一個月我們就開始作業，家裡瀰漫著濃濃的發酵味。另外，我家的蘋果樹與梅樹，也是很棒的球門。我家有沙坑以及一個塑膠屋頂的溫室，下雨時有如步槍劈劈啪啪。我家這條街的房子多半是同一時期完工，鄰居有人當屠夫，也有養豬農、清潔工與卡車司機，到處都有小孩跑來跑去。我們完全不起眼。這是我們最特別的地方。

我很小就清楚我父母打造的人生都是靠自己一點一滴掙來的。他們都來自外地，最終到了這裡，因為他們這一輩在短短三十年間，隨著某事件的進程，人生徹底改頭換面。這不是個人而是集體階級的移動。瑞典的三十年社會改革計劃，使勞工階級——至少部分人們——從工寮與擁擠的公寓搬進了自己的房子，有車庫、果樹與溫室。這是強而有力的改造運動，氣勢磅礡一如大海洋流。

父親在一九四七年夏天出生。他的母親、也就是我的奶奶當時二十歲，但那時的她已經工作六年多了。讀書七年之後，她得到證書，十四歲開始當女傭。拿到證書的第二天清晨，她便騎上自行車去做自己的第一份工作。這輛腳踏車是她賒帳買下來的，接下來每月分期付款十克朗。她的月薪是二十五克朗。

她與父母以及五個兄弟姐妹同住。她的父母是約聘農人，薪資不是金錢，而是食物：這是一種被粉飾的奴役模式。這家人住在典型的約聘工小屋。三個房間：廚房、擠了一家八口的臥室（兩人睡一張床）、以及一間白天不准有人的起居間。茅房、木炭爐以及破洞的窗戶，加上一個會暴力相向的父親。她家毫無恆產，甚至在一九四五年約聘工制度廢除後，她與家人依舊住在同一間屋子，跟之前一樣生活與工作。約聘工知道自己的身分地位，他們的子女也很清楚。

我奶奶的美簡單又不誇飾；她經常微笑，眼神羞澀，卻帶著一絲哀愁。她十幾歲時，已經在十多個不同的家庭當過女僕。從早上七點洗碗打掃到晚上七點。她每星期天休息，平日也有一個午後可以放假。她獨自睡在女傭房，並不快樂——因爲身爲女傭，在別人家裡就像陌生人，鎮日被責罵蔑視，還必須聽命行事。她很想家，思念兄弟姐妹以及自己的童年。

就在我父親出生前，奶奶搬回父母家，在城裡的橡膠廠找到了工作。她寧願在工廠工作，也不要當女傭，但她同時也是單親媽媽。她有兩個月的育兒假，然後就必須回去工作了。白天時，她的父母和妹妹們負責照顧我父親。

父親七歲時，他與奶奶就搬到溪邊那座農場了。

那是租賃農場，由教堂持有，有豬、田地，以及一座由我奶奶照顧的小花園。父親從懂事開始就得在農場工作，但他也喜歡拳擊，愛玩彈弓。他會跑過田野到小溪，在急流上方游泳。他上學後對歷史及自然科學很感興趣，但終究還是得輟學。他開始工作，爲屠宰場運送豬隻。他服兵役時認識了我母親，他得到了鋪路的工作，就這麼一直工作到晚年。

父親長大成年時，瑞典正好引進子女補助、收入補助與養老金制度。所得稅也已經個人化。健保、母嬰保健、老年福利也擴大辦理。社會財富重新分配。兩星期的勞工休假改爲四星期。政府與社會取代家庭，接管了大部分的社會安全網。換句話說，鋪路工與家庭主婦一如我父母，如今有可能過著與上世代或之前的勞工階級，截然不同的人生。

當然，我父母的人生並非垂手可得。但也非機緣造就。這之間有強大的力量介入。他們一直是洶湧海流中的柳葉幼體。他們橫渡了一大片海洋，卻沒有眞的移動過。

父親二十歲、母親十七歲時，生下了我的大姐。幾年後，他們跟銀行借了一筆錢，蓋了這棟白磚房。

¶

有一天，我父親在房子前的草坪放了一個用金屬環與鐵網製成，看起來又狹長又怪異的物體。

「這是鰻魚陷阱，」父親告訴我。「我買的。」

我不知道他跟誰買的。總而言之，它不是全新的，網子破了幾個大洞，我們還得用縫線修補，但這東西不知怎麼地令人敬畏。它大約四公尺半長，一端很寬，另一端逐漸縮小，它還有兩枝網狀側翼，看起來至少三公尺寬。我可以想像它放在溪床的模樣，只要游經它的一切必然無所遁逃。魚兒肯定將它塞爆。這跟設置魚鉤可是兩碼子事。這東西足以破壞權力的平衡。有了這個陷阱，我們再也不是溪流生物偶爾遇上、不打擾牠們的過客；我們幾乎是萬能的。我們已經可以干預萬物最基本的規律了。

吃完晚餐後，父親塞了幾個瑞典口含菸在嘴唇下，我們便趁著天色還亮走到溪流。我們開下斜坡，沿著寬闊的鐵軌行駛，車停在柳樹旁。最近下了好幾天的雨，水位很高；水面比平常至少寬了好幾公尺，溪岸甚至有幾處潰堤，形成小小的滯留池，幾根長草從積水突出。

我們的小船停泊在柳樹旁，像一隻被困住的動物扯著鐵鍊。父親動也不動地站著看，研究流速比平時更快、更有力的濁水激流。「眞他媽的，水位升高了，」他說完，在草地吐了一口口水。「好吧，我們還是試試看好了。」

我們帶了大錘，兩根長桿，一個短桿；我們將東西全放上船，然後一起推動小船準備出發。

「我來划嗎？」我問。

「不，我來就好，」父親回答。「給你放陷阱。」

他划船進入小溪，轉過船身，開始逆流前進，遠離急流。他用力划槳時，槳叉都會發出尖叫，每一次落槳，水流就會怒衝船身，將船首抬起。他碎唸咒罵著，拉槳時全身往後靠。划了大約一百公尺後，他將槳直插入水，用雙臂支撐，試圖讓小船保持靜止。它原地打轉，彷彿設法掙脫。父親再次抽槳拉動船身。

「拿那根長的用力插進水底，」父親說，他不耐地朝一邊點頭示意。我摸索到那根長桿，將尖銳的那一端丟進水面，用盡全身最大的力氣將它推進泥濘河床。船身猛烈移動，就像想要反擊，但我設法拿到了大錘，使勁敲了好幾下。棕色的髒水濺到我臉上。

等到我終於將兩根長桿固定好，把陷阱開口的鐵網側翼綁妥時，我們兩人已經又濕又髒了。父親的臉油亮，呼吸沉重。他舉起槳，讓船滑行幾公尺，我好固定短桿，將錐狀尾端綁好。陷阱就橫在我們眼前，在渾濁的溪水浮動，網袋猶如水面下的祕密暗室。

父親用力嘆了口氣，把槳拉出來，讓船隨波逐流。他朝溪水又吐了口口水，望著兩根長桿如沉船的桅杆從水面伸了出來。

「這他媽的應該可以給我們一些鰻魚了吧。」

那天晚上我睡著時，眼前似乎閃爍著鰻魚。成噸的鰻魚，散發黃棕色的光芒在我腳邊爬行扭動。牠們張開大嘴怒視我，喘氣掙扎著要爬上我的腿，彷彿飛蛾撲火般拚命。牠們的雙眼是黑溜溜的鈕扣。

第二天早上，溪水退了一點。父親拿著槳研究溪流。水流緩了下來，溪水已經變清澈了，他不用花太多力氣就可以讓船逆流前進，朝著陷阱划過去。

但我們從遠處就發現不太對勁。有根長桿歪斜插在水裡，另一根則完全不見了。整個陷阱被拉走掀翻了開來。因此，寬的開口朝著下游而非上游，如今它只靠短桿固定了。

「可惡！」父親罵道。

他滑到短桿旁，陷阱正左右晃動著；我抽起桿子，拉出冰冷潮濕的鐵網，上面全都纏著深綠色的植物。水浸濕了我的褲子，我的手都麻了；父親把槳豎起來，默默拿起陷阱，把樹枝和一大團發亮的海藻扔到船上，折起鐵網堆成一團。

就是這時我看見了牠。在狹窄的那一端，躲在海藻後面，有一條鰻魚，渾身緩緩扭動著。牠的大小跟盲蟲差不多，不過十五公分，細薄的身軀，眼睛只是兩個小黑點，我覺得牠要從網眼脫身應該不難。

更不用說牠實在太小了，我不能留著，但我們還是把牠放進水桶裡。

「我想帶牠回家，」我說。

「帶回家幹嘛？」父親問。「牠太小了，又不能吃。最好放牠走，讓牠好好長大。」

「我可以把牠養在水缸，放在地下室那個，」我說。

父親微笑搖頭。「拿鰻魚當寵物……」

回家後，我把水缸放進我房間，牠很小，也許不到六十公分；我在裡面放了沙子，加了一塊大石頭，然後再裝滿水。我將鰻魚丟進水缸；牠立刻沉入缸底，躲在岩石後面，動也沒動。

我一直沒替牠取名，接下來的幾星期，鰻魚就躺在岩石後面，我坐在水缸旁邊，透過玻璃盯著牠，等著牠移動，等待任何動靜，我想要看出那看似死氣沉沉的黑眼，究竟要透露什麼。我試著餵牠，把昆蟲扔進水裡，但是牠完全沒有反應。就這麼躺在岩石後面，彷彿正在冬眠，彷彿時間已經不復存在。

我企圖想像牠從玻璃往外看時看見了什麼，牠是否有任何感覺。牠害怕嗎？牠在學負鼠裝死嗎？在牠被帶離自己習以爲常的環境時，是不是以爲世界就要結束了？牠能想像一個超越現在的存在嗎？

一個月後，我還是沒有看到鰻魚移動。牠躺在岩石後面死氣沉沉的。牠的小鰭在頭部的兩側輕柔擺動，這是我唯一看見還有生命的跡象。水變濁了。牠也散發出腐臭味。

「牠都沒吃，」我告訴父親。「牠要把自己餓死了。」

「哦，我打賭該吃的時候牠就會吃的。」

「可是牠都不動。我覺得牠快死了。」

幾天後，父親走進我房間檢查了水缸。他看著岩石後面的髒水和鰻魚，皺眉搖頭。

「不成，這樣沒有意義。」

那天晚上，我們回到小溪，我將水桶抬下車；我在柳樹旁放下它，並拾起鰻魚。牠摸起來冰冰冷冷的，毫無生命跡象；我將手放進水裡，釋放了牠。一開始，我們都沒有動。然後，那條鰻魚動了。牠的身體開始左右緩緩擺動，然後輕巧溫柔地游回黑暗裡，轉眼間便消失了。

15 歸鄉路迢迢

一條肥美的銀鰻游向大海，踏上返回馬尾藻海的最後旅程。牠怎麼知道該去哪裡？牠如何找到回家的路？

每次談到鰻魚，我們總允許自己問一些庸俗的問題，只因爲這些問題不會立刻有答案。我們也容許自己樂於接受這一點。我們應該高興知識有其侷限。這種反應不僅僅是防禦機制，也是我們理解世界終究還有未得理解的奧祕，而這就是最引人入勝之處。

當我們說自己知道鰻魚在馬尾藻海繁殖時，究竟有何意義？這表示我們有充分的理由如此相信。畢竟施密特在大西洋來回十八年，只爲了細微透明的柳葉幼體。我們選擇信任施密特的努力，他的觀察與結論。我們深信成熟的銀鰻一路游回馬尾藻海產卵，那就是牠們繁殖的唯一地點，而且牠們沒有一條活著離開。我們相信這一點，因爲一切證據顯示這再眞實也不過，也因爲沒有人提出其他合理的替代解釋。

我們甚至可以斷言事實就是如此。「如今我們知道牠們追求的目的地，」施密特寫道。在茫茫大海過了這麼多年之後，他必然覺得自己有權力以專業知識取代盲目信仰。

然而，所有的知識都伴隨著條件。我們知道鰻魚的生育地，仰賴的不僅是觀察，還加上一些假設。對於一個想知道確切答案的人，問題出現了。如果要斷言——畢竟有科學頭腦的人傾向這樣——知識就不只是程度多寡；它只能兩極化處理：要嘛就知道，要不就不知道。科學在這方面比哲學或精神分析嚴苛。生物學與動物學便擁有堅實的基礎，堅信數據需要實證，知識需要觀察。

這樣看來，亞里斯多德的幽靈仍縈繞不去。知識必須源自經驗。現實世界的描述必須透過我們的感知五官。眼見爲憑。眼見爲眞。人類對世界的知識就是如此取得，因爲它合乎邏輯，也因爲它承載承諾。我們一無所知時，我們抱持信仰，但有耐心者終究才會得到回報。眞相必將出現在顯微鏡下。

當我們說，我們知道鰻魚在馬尾藻海繁殖時，仍然有一些基本反對意見：一、沒有人親眼見過兩條鰻魚交配。二、從來沒人在馬尾藻海見過成鰻。

這代表鰻之謎仍然沒有答案；眞相尙未出現在顯微鏡下。這種不確定性更鼓勵著鰻魚愛好者，持續推動著他們，謎團有待解開，問題有待解答，但唯有霧裡看花才能讓熱度維持更久，激發更加璀璨的火花。幾世紀來，研究者們將鰻魚視爲燙手山芋，但卻又對牠們愛不釋手。

瑞秋·卡森在她童話般的作品《海風下》寫到鰻魚時，內容流連於神祕與未知。身爲自然學家，她原本可以因爲問題未解而沮喪，但事實似乎正好相反。瑞秋·卡森被一切的不確定深深吸引。她不僅以科學家的角度觸及鰻魚與自然的議題，更善用自己身爲人類的身分。

例如，銀鰻前往馬尾藻海的長途跋涉，她便如此寫道：「只要潮汐持續漲落，鰻魚便有機會離開沼澤，奔向大海。那一晚，數千條鰻魚行經燈塔，踏上前往遠海的第一段探險……隨著牠們攀上大浪，衝進大海，牠們也從人類視線與人類知識中消失了。」

亞里斯多德、雷迪、林奈、蒙迪尼、格拉西、佛洛伊德或施密特或許會反駁——可能因爲他們無法接受生物會脫離人類知識領域的說法——但對瑞秋·卡森而言，鰻魚消失於浩瀚無垠間，正代表了牠們的單純與美麗。一種亟欲逃離人類知識領域的生物。這甚至似乎是牠的天性使然。「鰻魚前往產卵地的紀錄深藏於汪洋大海，」她寫道。「沒人可以追蹤鰻魚的路徑。」在她看來，亙古奧祕的鰻之謎，早已注定永垂不朽，這是一個超出人類理解範疇的謎團。正如宇宙或死亡。

斯威夫特的小說《水之鄉》中的主角歷史老師湯姆•克里克在闡述鰻魚時，同樣帶著一種命定的無奈與執著：「好奇心永遠不會饜足。即使在今天，當我們知道了這麼多，好奇心也尚未解開鰻魚繁衍與性生活的謎。或許有些事注定在地球末日前也不會有定論。也或許——這是我推測，也是我的好奇心作祟——世界萬物早已有所安排，一旦萬物被徹底理解，當人類的好奇心用罄（所以，好奇心萬萬歲！），世界就要結束了。即使我們知道是什麼、在哪裡、什麼時候，但我們會知道為什麼嗎？為什麼？為什麼？」

¶

在鰻魚的故事中，儘管過去（和未來）有這麼多的觀察及研究，卻仍有一大片空白。我們知道鰻魚黑暗期降臨後，銀鰻會在秋天離開，通常在十到十二月之間。春天時，柳葉幼體，也就是之前提過的柳葉鰻，出現在馬尾藻海；最小的一批通常可見於二月到五月。這表示中間幾個月就是繁殖期。就這樣，我們有了鰻魚旅程的時間框架，牠最多有六個月的時間前往馬尾藻海。

但即便如此，鰻魚爲何前往馬尾藻海，不挑其他海域，至今仍是一大疑點。許多動物會爲了繁殖而遷徙，但很少會像鰻魚這樣長途跋涉，也不見其他生物會如此固執專注於數千公里外的一個地點，更不曾聽聞任何生物會在死前只做這麼一次。

有理論宣稱，馬尾藻海擁有適當的溫度與鹽度提供鰻魚繁殖。同時由於鰻魚存在地球許久，連大陸都轉換了原本位置；第一批鰻魚的旅行時間距離有可能比較短。但隨著陸地面積產生變化，一吋吋漂移，鰻魚一直拒絕適應。牠仍然需要努力回到自己的出生地，牠的起源。

最主要的疑點仍在於鰻魚究竟如何抵達那裡？牠走哪條路？怎麼找到方向，準時抵達？鰻魚又是如何橫渡歐陸長達八千公里的水道河流，在幾個月內，就順利抵達大西洋的另一端？

二〇一六年，一個歐洲研究小組發表了一份關於歐洲鰻魚的馬尾藻海之旅最廣泛的研究報告。這份研究長達五年，追蹤了七百條裝上電子發射器的銀鰻，牠們各自從瑞典、法國、德國和愛爾蘭的不同地點，野放入海。

隨著鰻魚朝西移動，發射器最終脫落，漂浮在水面，滿載寶貴的資訊，研究人員藉此描繪出牠們的旅程圖像。

至少這是最初的想法，但正如鰻魚不按牌理出牌，一切並無按計劃進行。七百個發射器中，只有兩百零六個發射器載入了資訊。這裡面又只有八十七條鰻魚游得夠遠，提供人們鰻魚之旅的可靠訊息。

從八十七條前往馬尾藻海的銀鰻蒐集得來的數據，比我們之前擁有的資訊更加豐富，人類終於知道這趟年度大遷徙竟然如此複雜艱困。第一個發現是鰻魚日夜泅泳，似乎刻意採取某些策略避免危險。白天，大家游過約一千公尺深的冰冷漆黑海底，晚上趁著夜色，牠們朝靠近地表的溫暖水域前進。即便如此，大部分的鰻魚在旅程的最初階段就消失了，成爲鯊魚或其他掠食者的獵物。

研究人員得知並非所有的鰻魚都在趕路，理論上而言，前往馬尾藻海的旅程極其可行。實驗顯示以正常速度游泳的鰻魚，每秒鐘可以游到稍微超過其體長一半的距離，銀鰻在前往馬尾藻海的路上不會捕獵、進食或讓其他事物分心，牠們不願減緩速度，單純只靠脂肪儲備能量，至少可以六個月不停下來，持續游動。假使我們在地圖上從歐陸任何一點畫下到馬尾藻海的直線，計算牠必須游得多快才能在五月前抵達目的地，牠們的旅程絕對可行。儘管路途漫長艱困，但確實可行。

然而，這群研究中的鰻魚對這趟旅程的挑戰以及牠們所剩的時間有多少毫無頭緒，幾條很厲害的鰻魚平均可以在一天內游上近五十公里，但也有其他幾條每天不到三公里。

鰻魚選擇的路線也各自分歧。顯然條條大路通馬尾藻海。從瑞典西岸野放的多數鰻魚選擇北方航線，一路游到挪威海，然後往西穿越東北大西洋。大家選擇的路徑大致相同，除了一條鰻魚，到了大西洋後，牠驟然朝東移動，在挪威的特隆赫姆外消失得無影無蹤。

愛爾蘭南方的凱爾特海以及法國比斯開灣的鰻魚，則先往南游再往西轉向。其中有一條一路晃到摩洛哥西方長達九個多月，然後再全速前往亞速群島。

在德國波羅的海沿岸釋放的鰻魚，則走不一樣的路線。有些跟隨瑞典鰻魚群，目的地是挪威海。其他的則朝向南穿過英吉利海峽。但牠們都沒有抵達大西洋。

在法國地中海岸釋放的鰻魚如預期往直布羅陀前進，但只有三條鰻魚成功穿越海峽進入大西洋。

乍看之下，這些結果看起來都很隨機。鰻魚的移動在地圖上的軌跡都是些奇特的圖案，像是蒙眼畫出的迷宮，一切似乎都不是預先確定好的，每一趟旅程都是第一次。但至少有一件事再明確也不過：大部分的鰻魚都沒有抵達牠們的產卵地。回到出生地的長途旅行，對多數鰻魚而言，都只是遙不可及的心願罷了。

對鰻魚與科學研究而言，這是令人喪氣的結果。釋放的七百條銀鰻中，沒有一條能一路追蹤到馬尾藻海。很難說牠們之中眞的有成功的案例，因爲牠們或早或晚全都消失到了大海深處，遠離人類，任憑電子發射器在水面載浮載沉。

然而，研究團隊仍然努力從這些觀察中得出新的結論。他們初步發現鰻魚遷徙比我們認爲的複雜許多，但這有所解釋。從最初看來隨機又難以預測的觀察看來，其實有其模式可循。首先，鰻魚很少會選擇最短的路線。牠的旅程不像鳥類或飛機。

不過歐洲鰻似乎全在亞速群島附近某處相遇，這裡或許算是旅程中途站，然後再繼續朝西游往馬尾藻海。儘管這趟旅程出發時充滿不確定性，也有許多困惑，但截自目前爲止，大家的目標似乎更爲明確了。

研究人員還發現了一些問題，讓我們正視鰻魚遷徙的繁複程度。在馬尾藻海捕獲的柳葉鰻舊標本，被拿出來重新比較體型與生長速度，結果顯示鰻魚的產卵季節可能比之前我們認知的更早開始，大約是十二月，這意味著繁殖季大約從最後一條銀鰻自歐洲海岸出發就已經開始，這使鰻魚如何及時抵達的問題更令人百思不解了。

但研究人員指出，答案當然是因爲不可能所有的鰻魚都可及時橫渡大西洋繁殖。對某些鰻魚而言，回到馬尾藻海可能需要更長的時間。也許鰻魚只根據自身能力調整速度與路線。有些可以在初春就抵達馬尾藻海，也有的相當悠閒，參加下一場也無所謂。例如，從愛爾蘭出發的鰻魚幾乎以直線朝西游，春天就到達目的地，波羅的海的鰻魚，則有可能在出發一年多後才在十二月抵達。這不僅解釋了鰻魚之間的行爲差異，起初看似隨機的模式也有了某種邏輯與相關性。或許答案很簡單，鰻魚就跟人類一樣，大家能力不一，於是達成目標的方式和做法也各自不同，大夥目的地一樣，但回到源頭的旅程也不見得都得一致。

¶

於是，還有一個問題，這個問題對鰻魚與人類都適用：牠們怎麼知道哪條路可以帶自己回到出生地？牠們是如何找到回家的路？

鰻魚很有本事，可以游行很長一段距離，這一點學界眾所皆知。大家清楚牠擁有驚人的嗅覺。德國鰻魚專家弗德里希威廉・泰許一九七〇年代出版的作品《鰻魚》，至今仍是全球研究鰻魚的基準，內容便指出，鰻魚的嗅覺幾乎與狗兒同樣敏銳。泰許聲稱，在康斯坦茨湖滴一滴玫瑰香水，鰻魚一定可以立刻聞得出來。因此，鰻魚橫渡大西洋時或許善用了自己的嗅覺優勢，可能藉此找到馬尾藻海，或至少知道同類的存在。鰻魚也可能對溫度和鹽度的變化很敏感，這些因素可以爲方向提供線索。科學家深信鰻魚成熟的磁場感，應是牠們最主要的導航工具。就像蜜蜂與候鳥，牠能感應到地球磁場，從而被引導到特定的目的地。

我們都知道目的地是哪裡，而且，鰻魚也知道。牠們知道自己要去哪裡，儘管牠們選擇的路線蜿蜒不定又難以預知。但牠們何以清楚方向與目的，至今仍是最大的鰻之謎，就連科學家們也珍視這奇妙的奧祕。

瑞秋・卡森筆下的鰻魚承繼的歸鄉知識不只是本能。她在《海風下》寫到一條性成熟的成鰻，在某年秋天「隱約渴望一處溫暖黑暗的地點」，這些在湖泊和河流生活許久的鰻魚「幾乎未曾接觸過大海」，卻甘願出發到陌生遠洋，只為了尋覓某些似曾相識的東西，一種歸屬感，「那彷彿隨著偉大水域蠢動的奇特旋律，正來自生命初始的源頭。」

牠們還記得自己從哪裡來，要往哪裡去嗎？牠們還記得自己還是透明的小柳葉幼體時，就曾經橫渡大西洋嗎？不，或許不是人類、意識那種，那記憶也不是我們慣有的對記憶的定義。但當歐洲研究團隊跟蹤了七百條想到馬尾藻海的銀鰻，儘管嘗試不能算完全成功，試圖解釋鰻魚回到出生地的過程與企圖時，他們仍將這經歷描述為記憶。他們寫道，「鰻魚彷彿遵循源自產卵地的嗅覺線索，或是利用牠們仍是柳葉幼體時，對大海留下的印記或印象，為自己導航。」

此團隊研究顯示，鰻魚游得越遠，牠們的路徑似乎與預定路線越加吻合。簡言之，大家是隨著墨西哥灣流與北大西洋漂流活動，但方向相反。看來某種記憶或是地圖，早已在牠們體內根深蒂固，引導仍是柳葉幼體的牠們一路從馬尾藻海到歐洲，此記憶便這麼鐫刻於鰻魚體內，隨牠們經歷幾次變態，十年、二十年、三十年或五十年過去了，直到有一天，時候到了，牠們需要出發了，便直奔那曾經將柔弱無助的牠們帶往歐洲的強大洋流。

¶

而銀鰻終於回家了，回到牠的出生地，牠的馬尾藻海。同時，牠就此消失在我們的視線以及我們的知識領域。也因此，從來沒有人在馬尾藻海見過任何一條鰻魚。

然而，還是有人繼續嘗試。二十世紀初，經過早年施密特的探險許久，後人才再度出發前往馬尾藻海尋找鰻魚，或許因爲施密特的研究太有說服力了，也可能因爲過程結論太令人挫敗。但過去的幾十年間，前往馬尾藻海的研究團隊逐年增加，加入了幾位最優秀的鰻魚專家。他們想更深入瞭解鰻魚的遷徙與繁殖，他們檢驗現有理論，設法加以驗證或反駁，也企圖尋找目前爲止還沒有人能夠達成的目標：在馬尾藻海捕獲活鰻。

一九七九年德國海洋生物學家弗德里希威廉・泰許，帶領兩艘德國研究船展開一次大型考察，最終的結果都記錄在如今被大量引用的文章〈一九七九年馬尾藻海探險〉。考察在春天進行，在鰻魚所謂的產卵區域進行大規模的研究。泰許在一般認定的鰻魚繁殖地點撒網與拖網，和施密特一樣，他捕獲大量的柳葉鰻，但除此之外，他沒有發現任何鰻魚的蹤影。例如，他共蒐集到了七千顆魚卵，但仔細觀察後發現，這些都不是鰻魚卵。想當然爾，研究人員也沒有看到任何正在繁殖的成鰻。

美國海洋生物學家詹姆斯・麥克萊夫，三十多年來都是全球舉足輕重的頂尖鰻魚專家。在一九七四年，他與弗德里希威廉・泰許共同進行了首度的海洋考察，並在一九八一年第一次前往馬尾藻海。那次之後，他帶領自己的團隊又回去了七次，使用一系列成熟精密的技術，設法至少瞥見一條鰻魚的身影。麥克萊夫假設了一個理論，在水體溫度各自不同而相遇的區域——所謂的前端區域——能提供鰻魚最恰當的繁殖條件與環境。而他就是在這種環境抓到了最小的柳葉鰻樣本，也在此處最積極搜尋成鰻。麥克萊夫在這些地區來回航行，船上裝有最先進的聲納儀器，企圖捕捉在深海繁殖的鰻魚回聲。他也真的側錄到有可能正在繁殖的鰻魚聲；但每一次他設法將牠們捕撈上來，卻都空手而返。

在一次探險中，麥克萊夫與隨行海洋生物學家蓋兒・維佩爾豪瑟，用了幾乎算是惡意狡猾的手法，吸引害羞的鰻魚離開深海。他們的團隊捕獲了一百條美國雌成鰻，為牠們注射了荷爾蒙刺激性成熟。計劃是讓這些雌鰻參加他們的探險行程，並將牠們關在籠中，固定在馬尾藻海前端區域的浮標上。雌鰻就是誘餌，好吸引在當地出沒、打算傳宗接代的雄鰻，讓牠們無所遁形。

但鰻魚是不情不願的實驗對象，科學家將成熟的雌鰻留在實驗室，準備開車送牠們到邁阿密的碼頭，在船離開港口之前，大部分鰻魚已經死亡。等到探險隊抵達馬尾藻海時，一百條雌鰻只剩五條存活。

無論如何，這五條倖存的鰻魚被關進籠子綁上浮標，麥克萊夫與維佩爾豪瑟輪流利用雷達，全天候監看浮標移動。但牠們莫名其妙不見了。鰻魚、籠子與浮標，完全不見蹤影。

在另一次維佩爾豪瑟獨自進行的探險中，聲納設備取得了顯然是一大群繁殖中的鰻魚聲響；研究人員把能丟的都丟進水裡，至少有六個漁網，但一條鰻魚都沒抓到。

當然，還有另一個奇怪的細節，在馬尾藻海不僅活鰻魚難以捉摸，就連死鰻魚也沒人見過，無論是屍體或大型掠食者的受害者。劍旗魚與鯊魚的胃裡都發現過銀鰻，但都不是在馬尾藻海附近抓到的。有一頭抹香鯨曾經在亞速群島附近被捕獲，牠的胃裡有一條正前往產卵的鰻魚，但亞速群島離馬尾藻海還很遠。一旦鰻魚抵達繁殖地，無論生死，牠們基本上就躲過了人類的偵查。

我們應該說，學界對於需不需要在馬尾藻海找到成鰻至今仍未達共識。一些科學家覺得這無關緊要，因爲我們已經知道鰻魚就是會去那裡。另一些人則聲稱，除非能在產卵地觀察到鰻魚，否則人類對鰻魚生命週期的知識不能視爲完整。對後者而言，難以捉摸的鰻魚就是科學界的聖杯。

過去幾十年裡，研究人員如麥克萊夫也開始問另一個棘手的問題：假使我們無法追蹤所有的銀鰻回到出生地，甚至連追蹤一條都辦不到，那我們眞的能確定鰻魚只在馬尾藻海繁殖嗎？當然了，施密特花了將近二十年的歲月才在那裡找到柳葉幼體，但說到底，他只搜索了浩瀚海洋的一小部份。施密特本人在一九二二年也寫道，除非我們在地球所有海域都試著拖網捕撈鰻魚幼體，否則我們不能確定鰻魚的繁殖地，或者至少所有鰻魚的繁殖地。而且，幾乎後世所有的鰻魚探勘活動，包括麥克萊夫的，都集中在人類已經熟悉的馬尾藻海地區，也許有些鰻魚根本就去了別的地方？儘管不太可能，但我們怎麼能確定呢？

此外，馬尾藻海非常大。牠是一個大型的繁殖地？或者其境內有幾處不同的產卵地？美洲鰻與歐洲鰻在同一地點繁殖，還是喜歡不同地方？包括弗德里希威廉・泰許在內的幾位科學家宣稱，美洲鰻在馬尾藻海西區繁殖，而歐洲鰻則留在更遠的東邊，但部分重疊。另一些人則認爲，蒐集來的柳葉鰻不支持這結論。我們能肯定的只有，在透明的小柳葉幼體離開馬尾藻海時，無論來自歐洲與美洲，大家都混在一起了，無助地在浩瀚的洋流中漂蕩，而牠們的父母則留了下來，死亡，腐爛，分解。

¶

因此，直到今天，世界頂尖的動物學家與海洋生物學家，這群最熟悉鰻魚的人們，對於自己的報告與成果仍然語帶保留。「我們相信，」他們不得不這麼說。「數據顯示……」「可以假定……」他們悉心排除其餘不太可能的結論，逐步走向一個比較接近眞相的成果。

例如，我們可以假定，那些對日本鰻來說成立的事情，對牠們最親密的表親歐洲鰻也同樣成立。而事實上，就鰻之謎裡頭的某些關鍵面向而言，日本鰻已經相對沒那麼神祕了。

日本鰻看起來跟歐洲鰻很像，生命週期也極其相似。牠在海裡孵化，如柳葉般漂向海岸。牠也會變成玻璃鰻，游上日本、中國、韓國與台灣的水路。牠最終成爲黃鰻，在淡水中生活，多年後成了銀鰻，再次游回大海產卵死亡。牠是非常受歡迎的佳餚，特別在日本，而且長期以來在東亞文化與神話中扮演非常重要的角色，也是生育力的象徵。

討論到繁殖問題時——它的地點與過程——過去日本鰻一直都比歐洲鰻更神祕。直到一九九一年，科學家們才精準確定產卵地點。日本海洋生物學家塚本勝巳沿用施密特的方法，秉持其一貫的奉獻精神，儘管時間沒有施密特那麼久，但也在大海尋找越來越小的柳葉鰻。一九九一年的一個秋夜，他終於找到一些只有幾天甚至幾小時大的樣本。地點遠在太平洋角落，馬里亞納群島西側。

這項發現沒多久之後，日本又有更重大的突破。二〇〇八年秋天，東京大學大氣海洋研究所，在上述的馬里亞納群島西側的繁殖地捕獲了日本成鰻，一雄二雌。三條鰻魚已經繁衍結束，狀況不佳，隨即死亡。但這意味著，亞洲版的科學聖杯終於被人類發現了。

但這究竟代表了什麼？根據探險隊至少一位成員邁克爾・米勒的說法，其實真的沒什麼。它不能解答我們尚未知道的謎題。我們早就知道牠們大概在哪裡繁殖了。但是我們仍然不確定位置、牠們如何到達那裡，或者其中有多少成功繁衍。人類也沒親眼看見牠們繁殖。我們根本不知道爲什麼。爲什麼，爲什麼？

¶

神祕自帶魅力，但有些線索顯示亙古的鰻之謎終將得到解答。人類不僅在太平洋發現了銀鰻的繁殖地，研究人員更成就了人類在歐洲鰻或美洲鰻身上無法達成的任務。他們成功培育了被圈養的日本鰻。早在一九七三年，北海道大學的科學家就能從成熟雌鰻體內提取卵子，將其人工授精，進而孵化爲幼體。鰻魚瀕危的未來不是日本人最關心的議題；這一切努力的背後其實是較爲自私的經濟動機。鰻魚在日本餐桌非常受歡迎，更代表數百萬美元的鰻魚養殖商機，就像現在的鮭魚，一旦順利，鰻魚成本就可以大大降低，因此市場準備投入大量資金進行研究，讓養殖鰻魚成真。

不出所料，鰻魚再次證明自己不是最配合的實驗對象。北海道大學轟動各界的人工育種小柳葉幼體幾乎來不及孵化，水箱也無法模擬實際的洋流，牠們就都死光了。這群柳葉鰻不願進食。不管日本研究人員拿什麼誘惑都沒成功。柳葉幼體絕食，全數殲滅。

人知道原因，但爲了補救這一點，玻璃鰻被注射雌激素，以方便人工繁殖雌鰻。二〇一〇年，日本科學家首次成功完成鰻魚的生命週期，他們在實驗室讓鰻魚產卵，成爲柳葉鰻。這群鰻魚也被施予荷爾蒙加速生長，結果牠們的後代嚴重畸形：柳葉幼體跟大海的同類長得一點都不像；頭型怪異，甚至不會游泳。看來鰻魚就是不願讓任何外力干預自己的創造過程。牠大概認爲自己把自己管好就好，人類不得插手。

撰寫本書的同時，科學家仍在努力尋找正確養殖鰻魚的方法，希望他們眞的能夠成功。假如成功，這對日本鰻魚產業至關重要，也對全球鰻魚的生存極其關鍵。到目前爲止，還不見任何成效。但人類的技術與科學見解年年創新，對有興趣瞭解鰻魚的人而言，儘管問題尚未解決，但仍有理由保持希望。也許不久後的將來，會出現某種小巧的追蹤裝置，一路跟隨銀鰻到牠在馬尾藻海的繁殖地。也許那將會讓我們能夠更精準定位地圖上的鰻魚繁殖地，而一旦追蹤到了足夠數量的鰻魚，我們便可確定或摒棄鰻魚是否擁有諸多繁殖地的論點。屆時我們也會更清楚，阻礙鰻魚回到出生地的因素究竟爲何。或許我們甚至可以對它做些什麼。甚至有一天，歐美的研究人員會像日本同事一樣，爲歐美鰻魚卵子受精，成功圈養孵化，而這群人工培育的鰻魚終將存活長大，健康壯碩，成爲餐桌上的佳餚，或當然，野放回大自然。

有科學頭腦的樂觀主義者會說這只是時間問題罷了。只要意志堅定，專心耐心，時間充足，科學終將解決所有的謎團。鰻之謎已經以各種形式存在了幾千年，經驗告訴我們，我們遲早可以找到答案，我們只是需要時間罷了。

但問題在於，時間就快要用完了。

16 成爲愚拙之人

我記得奶奶站在草坪上。她的頭微微往前點，雙臂高舉在面前。她拿著一根從蘋果樹折下來的樹枝。這是我第一次看到尋水棒。

她緩緩地穿過草地，遠離大樹，左轉，然後右轉，彷彿每一步都在踏入未知。她的眼神空洞，好像根本不知道我們站在一旁看著她。

突然，她停了下來；她的手臂像抽搐般被拉向草地。木棒似乎拖著她前進，力道很猛烈，彷彿要掙脫她的抓力。奶奶抬頭大笑說道：「我不能解釋。不是我的本意，我連動都沒動。」

父親搖頭走到她身邊，他一手抓住樹枝。然後兩人一起握住它，緩緩走動，肩並著肩在草地繞圈，看起來就像在跳奇特的舞步；等到他們走到剛才同一地點時，再次停下腳步，奶奶的手臂又一次被猛烈地往下拉。父親抬頭大笑，樹枝還在動。

「我幾乎握不住耶，」父親說。

他一放手，奶奶就不動了。她高舉樹枝，驚奇地看著它。

「我無法解釋。但我能感覺得到。它自己在拉。」

「我真的不懂了，」父親說。

有一天晚上在小溪旁，父親將水桶與漁具放下，他從柳樹折下一根Y字形的樹枝。他將小樹枝與樹葉剝光，將它舉在面前。

「我們要不要試試看？」

我點點頭，有點緊張，我目視穿著橘色青蛙裝與大靴子的他緩緩地走遠。他走得很謹慎，在溪流中微微屈膝，穿過那片濕漉又有點固執的長草地。當他轉身看著我時，他黑色的剪影襯托在夕陽餘暉之中，我望著他將樹枝舉在眼前，有點舉棋不定，甚至不太甘願，彷彿它正引導他走向一些他不太確定自己是否想看見的事物。他一路走回我面前，什麼也沒發生，站在我前面時，他停下腳步，將樹枝丟到一旁搖搖頭。

「啥也沒有。我想我沒有天賦吧。」

當時父親和我都不知道的是，尋水棒之所以會自己移動，其實答案非常簡單。

事實上，人們已經知道超過一百五十年了。許多科學實驗曾經測試尋水棒如何定位地下水、石油或重金屬，結果顯示它根本起不了作用。樹枝根本找不到地底下存在或不存在的東西。

但它還是會動。而且有時候拿著它的人也不是刻意讓它移動。答案是所謂的「意動現象」。拿著它的人在無意識狀態下，某條細微的肌肉開始動作。動作完全不是刻意的，而是在表達某種思緒，一種感覺或感知。它有時被稱爲「卡本特效應」，因爲英國生理學家威廉・卡本特於一八五二年首度解釋這種現象，碟仙或通靈板就是因爲它而令人嘖嘖稱奇。

換句話說，拿著尋水棒的人，以幾乎無法察覺的動作，讓它撞擊地面。但是，若要它動作，拿著它的人必須先有想法或先入爲主的思緒，然後才會無意識地將自己帶到某一點。或許地點不一定正確，但仍然會停在特定位置。樹枝拉著我們的手朝地面時，無意識會找到什麼？爲什麼肌肉會朝同一個方向移動，而不是另一個位置？

當然，意動效應無法解釋這一點。也許這取決於我們微妙的感官印象。也許我們下意識地判讀周圍環境，知道我們甚至不瞭解的自己。但不管怎麼樣，我們總是持續做出各種無意識的決定。

也許，我們何時該移動肌肉都看機運。就像何時該留下，或何時該離開，也是一樣的道理。

¶

奶奶深信神的存在。

「祂身材高大，」她告訴我。「超乎你的想像。」

「比爺爺還高？」我問。

「高多了！」

她不上教堂，但她深信神的存在。她深信耶穌、始孕無玷與復活，也深信死後來生。她堅信自己終將與父母親相遇，還有她的兄姐與丈夫。當然，還有她的兒子。她也深信地精的存在。十五歲當女傭時，她曾見過地精。一天深夜，她沿著一條綠樹成蔭的礫石路回家，突然間，他就走在她身旁。身穿灰色衣服的地精，只有一公尺高。與她同行的朋友也看見了，小東西陪著她們走了一段路，隨後消失無蹤。

我不信這些。我上主日學，結果被教會退貨，因爲我坐不住，我們跟同學去教堂時，我舉手問牧師：「這東西究竟是誰捏造的？」

父親也不信神。他上學，認識了瑞典歷代的國王與福音，但他對權威很不服。他既不信地精，也不信神。

唯有跟鰻魚相關的事物，才讓我們開始存疑。

有一次，我們在清晨檢查魚鉤時，發現自己抓到了一條懶散的鰻魚。當然，牠的體型很大，幾乎有一公斤重，體色灰黃，頭部寬闊。我們如往常般將牠放進車庫的水桶。

那天下午，我出去換水，發現鰻魚不見了。那只白色水桶很高，水面大約離桶緣三十公分；之前我檢查時，鰻魚一直在底部盤旋，拍動魚鰭，結果牠不見了。水桶站得穩穩的，水也還在，但沒看見鰻魚。

我完全沒有頭緒。起初，我猜牠溜出來逃走了。但車庫門關得很緊，我完全沒看見牠；鰻魚就這樣銷聲匿跡。是父親清理過了嗎？趁我不在時？不太可能，但他不在家，晚上才回來。也許他離開前處理鰻魚了。

當晚父親回家後，我走到他車旁。

「你把鰻魚帶走了嗎？」

「鰻魚？牠不是在桶子裡嗎？」

「沒有，牠不見了。一定有人把牠拿走了。」

我們走進車庫，瞪著空桶，站了一分鐘，父親確認鰻魚真的不在。

「但我不覺得有人會偷鰻魚，」他說。「這太奇怪了。我想牠是逃走了。牠一定就在車庫裡。」

我們上下搜索了整間車庫。車庫很髒，東西塞得到處都是，木板、梯子、工具、塑膠箱、鐵鏟、草叉、耙子、水桶、馬鈴薯箱和漁具。我們將東西全都搬開，檢查每一處角落與縫隙。

最後我們終於在角落找到了鰻魚，牠躲在一雙靴子後面，一動也不動，渾身都是灰塵礫石。我將牠拿起來，牠身體冰冷癱軟，表皮乾燥粗糙，就像一隻髒襪子掛在我的手上，牠的雙眼死板，毫無生命可言。

牠顯然已經死了。牠至少已經離水五、六個小時了。也許更久。

「把牠放進水桶；我等會兒再過來看，」父親說。

我將牠丟進水裡，站在那裡研究牠好一會兒。起初，牠漂在水面上，蒼白的魚腹朝上，然後，突然間牠翻了個身，軀體扭轉，小頭左右擺動，接著，牠開始慢動作在水桶內游泳，魚鰭開合著。

我之前見識過。有一天清晨在溪邊，天色仍黑，我們舉步維艱沿著溪岸行走，踏上一塊大約伸出水面一公尺、我們已經設置了魚鉤的岩石。一條鰻魚掛在釣線上。牠不是在水中，而是懸在空中，牠的頭與魚竿齊平，魚尾末端只在水面三、五公分上。

我聽說鰻魚捕捉獵物時，會猛烈旋轉身體，以自己的中心爲軸線，將對方窒息。這條鰻魚顯然因爲轉得太厲害，以至於把自己裹進釣線，拉離了水面，掛在半空中。

牠靜靜地懸在原處，頭往一邊傾斜。我把牠拿起來，好幾公尺厚的尼龍線緊裹在鰻魚身上，吃進牠的表皮，留下一條條血痕，彷彿牠曾經被人狠狠鞭打。我輕輕解開線，將鰻魚捧在手心；牠軟趴趴的，感覺牠的身體很沉重，應該是沒氣息了，接著我將牠放進桶子裡，望著牠翻過來的魚腹，十秒，二十秒，牠緩慢翻過身軀，開始沿著水桶游泳。

¶

有些情境逼迫你必須選擇相信，就我印象中，我向來選擇眼見爲憑，靠證據說話，科學凌駕在宗教之上，理性超越感性。但是鰻魚讓我的堅持站不住腳。對於任何見過鰻魚死而復生的人而言，理性尙且不夠。當然，一切都有其解答：氧合作用與代謝的不同進程，或鰻魚自體分泌的保護黏液，加上牠高度演化適應的鰓。但話又說回來，我親眼見證。我就是目擊者。鰻魚眞的可以死而復生。

「牠們眞的很怪，鰻魚，」父親會這麼說。而且每次他的語氣總是有點竊喜，彷彿他需要這份神祕。彷彿牠塡補了他的某種空虛。我也動搖了。我決定了，在需要時，你就會找到你相信的眞理。我們需要鰻魚。沒有牠，我們兩人就不會是現在這個模樣了。

直到很久之後，在我讀過《聖經》後，我才眞正意識到原來信仰就源自於此。有了信仰才會接近奧祕，這份奧祕甚至超越了語言與感知。信仰需要你放棄部份的邏輯與理性。保羅寫給哥林多前人的第一封信中，就這麼寫道：「你們的信仰不在乎人的智慧，而在於神的大能。」換句話說，信者必須放棄理智思考，必須讓自己被說服，並非透過理性論證或自然科學或顯微鏡下的眞理，而必須單憑感覺。「你們中間若有人，在這世界自以為有智慧，倒不如變作愚拙，好成為有智慧的。」保羅寫道。於是，任何尋求信仰者，必須勇於成為愚拙之人。

唯有愚拙者才會相信奇蹟。這其實既可怕又誘人。當耶穌在水面行走時，坐在船上的門徒起初很害怕。他們以為祂是鬼。但耶穌告訴他們：「你們放心，是我，不要怕，」而後彼得勇於走到水面迎接祂。當彼得抬起腳跨過船的欄杆，要將腳踏進水裡時，一切就這麼開始了。熟悉的遇上不熟悉的。他原以為自己理解的，如今完全截然不同。他選擇相信，等到耶穌走到船上，門徒們都跪了下來，說道：「你眞是神的兒子。」

當他們行駛到加利利海時，起了暴風雨，門徒們被嚇壞了，叫醒睡在船尾的耶穌。耶穌斥責風，說道：「住了罷，靜了罷！」風立即止住。「你們為什麼膽怯？你們還沒有信心嗎？」他語帶著嘲笑譴責。

我向來無法相信任何宗教的神蹟，但我能理解為何有人會想用信念交換恐懼。我清楚當人遇上陌生或可怕之事，會寧可選擇奇蹟，而不願面對種種的不確定。這就是人。擁有信仰，等於將自己交給了某樣只能透過比喻才能解釋的東西。

基督教信仰的承諾——讓勇者勇於變作愚拙——就是最大的許諾：「信我的人，雖然死了，也必復活，凡活著信我的人，必永遠不死。」

耶穌承諾祂的追隨者將得到永生，於是最重要的奇蹟就是復活。耶穌死而復生是基督教信息的核心主旨。沒有了它，信仰便毫無意義。信仰不能只有這一生；它必須超越凡世。保羅在寫給哥林多前人的信中也寫道：「若基督沒有復活，我們所傳的便是枉然，你們所信的也是枉然。」

唯有愚拙者才會相信復活，但我有時希望自己就是這麼愚拙，我想父親也有同樣的心願。因為，復活究竟是什麼？如果單憑字面來看，表示人（或鰻魚）可以死而復生。但保羅在給哥林多前人的信中，又提到了不一樣的見解。「儘末了所毀滅的仇敵，就是死，」他寫道。死亡是不可避免的，但根據保羅的說法，仍然有可以應付它的辦法。接著，保羅提到改變，他認為死亡不是結束，而是一種變態：「我們……乃是都要改變，就在一霎時，眨眼之間，號筒末次吹響的時候，因號筒要響，死人要復活成為不朽壞的，我們也要改變。」

因此，人（或鰻魚）可以死亡，然後轉眼變化，成為不朽之身。錯，這不對，這是比喻罷了，但當然，比喻也可以有自己的真理。你不必為了相信而相信奇蹟，要成為愚拙者有很多辦法。你當然也不用相信福音內容（或鰻魚），才能觸及它們要傳達的核心意義：亡者終將以某種形式與我們常在。

奶奶深信神，但父親和我不是這樣。話雖如此，在很久之後，奶奶臨終前，我坐在她身邊，她不斷地哭泣且對我說，「我會永遠和你在一起。」我全心相信她。我不需要信神，我相信她。

說到底，這才是耶穌對追隨者的承諾。「我就常與你們同在，直到世界的末了，」祂在去世三天後，對門徒展現自己時這麼說。

當然，這也是我們有所信念時，最希望的，無論是對神，或是對一條鰻魚。

17 瀕臨滅絕的鰻魚

最後一位必須消滅的敵人是死亡。不僅對有信仰者如此，對於喜歡知識的人亦然。當然，對那些仍在試圖理解鰻魚的研究者而言，則是再正確不過了。

因爲鰻魚數量正在凋零，而且速度越來越快。有些數據顯示，早在十八世紀鰻魚數量就開始萎縮，約莫是科學家開始對這種生物產生濃厚興趣之際。更多可靠資料顯示，至少在一九五〇年代，鰻魚數量開始逐年減低。過去幾十年問題越顯嚴重。根據多數研究結果，現今狀況更可以視爲災難。鰻魚正在死亡，而且不是以我們預期中的方式，畢竟自然死亡應該是一生精彩，長壽結束。鰻魚正在滅絕。我們就快失去牠了。

這就是最緊迫的鰻之謎：爲什麼牠消失了？

將鰻魚滅絕以廣義的角度解釋，似乎是很恰當的開始。生命瞬息萬變；這是進化的第一定律。生命稍縱即逝；這是生存的第一定律。但鰻魚現在面臨的情況，與許多其他物種一樣，在性質與程度上遠遠超出進化與生存的正當進程。

瑞秋・卡森是第一批意識到這一點的人士之一。她的最後一本書，同時也是讓她被後世永久銘記的作品《寂靜的春天》，於一九六二年出版，探索人類如何徹底摧毀自己聲稱熱愛的事物，內容令人震撼。《寂靜的春天》討論 DDT 以及其他合成殺蟲劑的濫用，盲目將之噴灑於田地與森林殲滅了昆蟲與其他形式的生命：鳥、魚、哺乳類，甚至人類。通過精闢深入的科學研究以及她脫俗美麗的文字，卡森闡述了問題的嚴重性，以及它代表的實際衝擊。

她預見的時代，是一個我們再也看不見、聽不到生命的時代，因爲牠們已經從我們認識的世界消失了，不復存在。她預見的是一個寂靜的年代，四下聽不見蟲鳴鳥叫，看不到魚兒在河面跳躍或蝙蝠在月下飛舞。她看見我們習以爲常的生存環境與萬物遭受大規模的破壞，她想知道爲什麼：「人類聲稱自己達到征服自然的目標，卻也寫下令人沮喪的毀滅紀事，不僅直接影響他們居住的地球，更針對與他們共享地球的生靈。」

透過認同動物，更甚於對自己的關切與需求，瑞秋・卡森清楚知道該如何因應眼下所發生的一切。從此，她將絕望轉爲勇氣信念，她義無反顧，自認有職責與權利見證自己已知的所有，而且時間快來不及了。一九六三年六月，《寂靜的春天》在全球各地引起騷動時，她出現在美國參議院的環境危害小組；她一開始便表明：「你們選擇探索的問題，是一個必須在我們這個時代就要解決的問題。我強烈意識現在必須著手進行，就在這一會期的國會議事。」她的急切督促並非華麗詞藻。她時日不多了。在《寂靜的春天》出版時，她被診斷得了乳癌，等到她在參議院小組委員會作證時，癌細胞已經擴散到她的肝臟。她知道這是她最後將信念變成行動的機會——她成功了，至少就那些致命的殺蟲劑而言。一九七二年，美國禁止在農業活動使用 DDT，這必須歸功《寂靜的春天》，那時瑞秋・卡森早已離世。她在一九六四年四月去世，享年五十六歲。她早年預警的威脅如今成了世人普遍關注的議題，這就是她留名千古的遺產。

¶

自從生命出現在地球三十多億年來，各種劇烈變化不斷地出現，幾乎等同於動物的變態，一次次改變了地球生命的組成樣貌。五次全面性的變化，甚至被歸類成一系列，還有自己的名稱。它們通常被稱爲「五大滅絕事件」。

第一次大規模滅絕事件大約始於四億五千萬年前，當時奧陶紀已經接近尾聲，生命或多或少仍侷限於海洋。由於板塊漂移導致氣候轉冷，約有六、七成的物種在一千萬年間全數滅絕。

第二次大規模滅絕事件也因爲全球降溫，時間在三億六千四百萬年前；在它結束時，已經有百分之七十的物種滅絕。

第三次大規模滅絕事件最爲致命。大約出現在兩億五千萬年前，時值二疊紀與三疊紀的過渡時期，共造成百分之九十五以上的地球物種滅絕。學界對原因沒有共識，但最可能的答案是，各種事件的匯合帶來了劇烈的氣候變化。

第四次大規模滅絕發生在約兩億年前的三疊紀與侏羅紀時期間，高達百分之七十五的物種死亡。

第五次大規模滅絕事件最爲有名，大約在六千五百萬年前，一顆隕石落在尤加敦半島；這次的衝擊是主要讓恐龍滅絕的一大因素，地球上其餘七成五的物種也宣告終結。

我們星球上的動植物經歷了不只這些變態，有些幾乎非常全面，但相較於生物漫長的生命史，大規模的滅絕仍屬罕見。物種會死亡，各類動植物來來去去，但這些進程的時間非常長，它不會從根本上擾亂萬物的秩序。這是生命正常的起落：萬物終將一別，但絕對不會是大規模的屠殺行爲。

然而，現在有許多研究人員認定，我們目前經歷的並非萬物正軌，而且事實上，我們正生活在第六次大規模滅絕事件其中。二〇〇八年八月，美國生物學家大衛・威克與萬斯・弗倫堡發表一篇文章，名爲〈我們正處於第六次大規模滅絕之中？〉，文章刊登在科學期刊《國家科學院學報》上，儘管兩位作者並非首批提出此問題的人，但他們的回答非常有說服力，顯然這種威脅似乎不再是假設，反而可能性極高。

威克和弗倫登堡特別注意兩棲動物與蠑螈的演化，同時明確指出，是的，某種形式的大規模滅絕無疑已經成爲進行式。在目前地球已知的六千三百種兩棲動物中，至少有三分之一已經瀕危，同時各種跡象顯示情勢正在迅速惡化。

其中一位讀了這篇文章的人，是科學記者伊麗莎白・寇伯特。她的著作《第六次大滅絕：不自然的歷史》於二〇一四年出版，總結了我們目前已知可能正在發生滅絕的事件：大約三分之一的珊瑚面臨滅絕的威脅；三分之一的鯊魚、四分之一的哺乳動物、五分之一的爬行動物和六分之一的鳥類，也有相同命運。這一次滅絕事件的影響可能不如五大事件中的任何之一深遠，但滅絕威脅是如此迫切迅速，一切就要發生了，如果我們讓事情繼續惡化，有可能地球物種的數量在一百年內就要減半。

這速度之快完全超乎想像——過去的大規模滅絕事件時間延伸數百萬年之久；如今我們面對的只是數百年的時間——但目前的滅絕事件之所以獨一無二，是因爲在地球歷史上第一次，活生生的掠食者成了始作俑者，罪魁禍首並非宇宙天體，也不是板塊漂移或火山爆發，而是一種生物。居住地球的物種之一已經征服了它，從而大規模破壞其他物種的棲息地。這不僅改變了地球表面，更改變了它的大氣層。沒有其他物種足以對生命帶來這種嚴重的衝擊，爲不同形式的生命造成劇烈的影響，改變所有物種的生命。

「假使威克與弗倫堡所言正確，」伊麗莎白・寇伯特寫道，「那麼我們今天活著的人，不僅目擊了生命史上最罕見的事件，我們更是罪魁禍首。」

¶

但爲什麼鰻魚特別無法生存？是否有什麼特殊的情境，讓這種看來彷彿可以長生不死的物種無法延續？首先，此問題伴隨一個理論破綻。我們知道，問「爲什麼？」絕非解決科學問題的第一步。一切要從源頭開始。我們必須先確認一件事：鰻魚眞的瀕危垂死嗎？接著我們再加以觀察，進而解釋事件發生的過程：鰻魚如何死亡的？唯有這麼做，我們才能開始處理「爲什麼」。

但每次一提到鰻魚滅絕，上述的做法卻又開始變得複雜。

協調全球環境保護與生物多樣性大部分工作的，是一個名叫「國際自然保護聯盟」（IUCN）的組織。IUCN同時編製了所謂的紅皮書，定期更新全球瀕危動植物清單。此紅皮書的明確目標是，建立一個「全球普遍接受的瀕危物種滅絕分類系統」。換言之，IUCN設定的是國際標準，各物種經過科學檢驗評估後，確定目前存在的狀態。

在紅皮書裡，每一物種都被依照既定的標準進行評估，其評等範圍從最令人振奮的「無危」，到「近危」、「易危」、「瀕危」、「極危」以及「野外滅絕」，再到最終難以挽回的「滅絕」。由於它是客觀有條理彙編地球所有已知生命的一份清單，因此可提供從藻類、蠕蟲到人類如何存續的完整資訊。

人類表現得很好。二〇〇八年 IUCN 對智人進行的最新評估報告如下：「無危：物種分佈極其廣泛，適應性強，目前數量穩定增加。」報告同時指出，「人類是所有陸地哺乳動物中分佈最廣泛的物種，他們棲息在地球的每一片大陸（儘管在南極洲並沒有永久的定居點）。另有一小群人進入太空，居住在國際太空站。」目前，根據 IUCN 的評估，「不需要採取任何保育措施。」智人數量穩健成長。

相反地，鰻魚則麻煩大了。或者至少我們有充分的理由這麼想。因爲種種的證據向來讓我們如此相信。不用說，既然我們對付的是鰻魚，一切都是未定之天。畢竟正如往例，我們取得了知識，卻也伴隨著警訊。因爲事實證明，鰻魚不太符合 IUCN 的評估標準。第一個問題就是，我們根本無法全盤掌握物種的總數量。物種規模原本就是確認它是否受到威脅的首要條件。但根據 IUCN 的報告，物種規模應由「可繁殖個體」的數量決定，亦即完全性成熟的個體樣本。這代表，IUCN 如是說，在理想情況下，此標準適用於「在繁殖地的成熟鰻魚」。換言之，我們得搞懂馬尾藻海的銀鰻總數。但由於人類即使過了一百多年的尋覓過程，還是沒在當地找到一條銀鰻，這條件顯然就是做不到。鰻魚不會甘願讓自己浮出檯面。就連想幫助牠們的人，也令牠們避之唯恐不及。

比較有可能做到的是，計算多少條成熟銀鰻從歐洲海岸出發前往產卵地。但這方面的資料也少之又少；鰻魚向來習慣迅速消失在黑暗浩瀚的大海深處，目前有的觀察也顯示過去四十五年來，遷徙的銀鰻數量至少下降了百分之五十。

第三個較好的選項，也是 IUCN 目前根據的評估資料，就是從大海的另一端著手，評估鰻魚在馬尾藻海神祕會合後的結果——瑞秋・卡森稱之爲「鰻魚父母存在的唯一例證」，也就是春天在歐洲出現的玻璃鰻數量。這方面目前瞭解甚多，正是這些數據顯示鰻魚現狀正步步走向災難。一切可靠的數字顯示，現今歐洲新近出現的玻璃鰻數量，僅是一九七〇年代末期的百分之五。當我還是小男孩時，每年若有一百條奮力往上游的玻璃鰻，如今的數量約莫只有一個巴掌大。

因此，IUCN 決議將歐洲鰻歸為「極危」。根據官方定義，這表示牠正「面臨在野外滅絕的高度風險」。情況不僅致命而且緊迫。在可預見的未來，或許鰻魚眞的就要消失了，不僅從我們的視線與知識領域消失，更直接在現實中消失無蹤。

¶

因此，最終的問題是：鰻魚的數量爲何凋零？答案並不令人震撼，畢竟這是我們一直在討論的鰻魚：一切都很難說。任何想瞭解鰻魚的研究者早就面臨同樣的問題：答案一直令人猜不透。我們什麼都不確定。我們只知道部分，但看不清全貌。在這方面，我們只能被迫依賴信仰。

目前有幾種鰻魚岌岌可危的合理解釋，科學可以一一證實，但沒有人敢說牠們是不是唯一或最關鍵的因素。只要鰻魚的生命週期仍存在著未解的疑問，我們就不能確定鰻魚爲何死亡。只要我們不知道鰻魚如何繁衍或導航歸鄉，我們就無法解釋牠為什麼不出現這些行為。為了拯救牠，我們又必須更理解牠。這就是多數鰻魚研究者目前最重視的：為了幫助鰻魚，我們需要更認識牠。我們需要更多的知識與研究，而且越來越急迫了。

於是，我們面臨最大的矛盾點：鰻魚的神祕突然成為牠最大的敵人。假使牠要生存，人類必須哄騙牠走出陰影，尋找所剩問題的答案。當然，這有所代價。畢竟歷史上有許多人接受了這種神祕，他們被牠吸引，選擇對牠執著。就像斯威夫特，或者他故事的主角湯姆・克里克，這些人認為，一個被徹底摸透了的世界，必然走到了盡頭。

這就是經典的左右兩難：我們想保護鰻魚，保存某些真正神祕的謎團，因為在這凡事講求啓蒙的世界，一旦謎底揭曉，萬物就會成空。任何認為鰻魚應該繼續當鰻魚的人，卻再也承擔不起讓鰻魚持續當個奢侈的謎團。

但鰻魚之所以滅亡，有一點我們是清楚的：是人類的錯。迄今為止，科學提出的所有解釋都與人類活動有關。人類離鰻魚越近，牠越暴露在人類現代生活的衝擊下，滅亡速度更快。國際海洋勘探理事會（ICES）在二〇一七年總結人類該如何拯救鰻魚時，沒有定論卻又明確傳達：人類的活動對鰻魚的衝擊應當「盡可能接近於零」。我們仍然不太清楚鰻魚面臨的威脅，但我們卻又知道拯救牠的唯一方法：必須任牠自在生活。

例如：我們現在知道鰻魚正與疾病搏鬥，狀況更甚以往。牠很容易感染鰻魚皰疹病毒，這是日本人圈養鰻魚時發現的疾病，後來也因爲進出口而在歐洲野生鰻魚間傳播開來。一九九六年荷蘭出現第一個病例；在德國南部的檢驗證實，幾乎一半的鰻魚都感染了病毒。

不知爲何，這病毒似乎只影響鰻魚——因此才被稱爲「鰻魚皰疹病毒」——這是一種很不舒服的疾病。病毒可以長期寄宿在宿主的體內，一旦爆發，卻蔓延快速，極具侵略性。鰻魚在鰓和鰭周圍流膿出血。鰓細胞一一死亡，充滿血絲黏成一團。牠的器官也會感染，讓鰻魚昏昏欲睡，最終只能緩慢移動，在水面活動，直到牠放棄奮鬥，就此死亡。

鰻魚也會得寄生蟲病。例如，寄生性線蟲（Anguillicoloides crassus）。牠最早也是在日本鰻中被發現，於一九八〇年代傳入歐洲，或許來自從台灣進口的活鰻。

僅僅幾十年間，牠就傳遍了歐洲與美國。二〇一三年美國南卡羅來納的一項研究顯示，有百分之三十的鰻魚，早在玻璃鰻時期就已經攜帶這種寄生蟲。此外報告中還指出，將捕獲的玻璃鰻放入全新水域，反倒加速了這種寄生蟲的傳播，但人類此舉原本是刻意要拯救鰻魚群的。

這種線蟲專門攻擊鰻魚泳囊，引起牠出血、發炎和瘢痕。被感染的鰻魚生長速度慢，更容易染病。牠會移入淺水區，只能游短距離。它不見得致命，不過一旦鰻魚感染了，就可能無法順利抵達馬尾藻海。

我們還知道鰻魚對汙染特別敏感。由於牠壽命很長，又處在食物鏈的上層，因此特別飽受工業與農業毒素的衝擊。和寄生蟲一樣，毒素似乎會阻礙鰻魚回到馬尾藻海的能力。例如，接觸多氯聯苯的鰻魚出現心臟缺陷與水腫問題，也無法貯存脂肪及能量，使長時間的遷移旅程幾乎無法成行。接觸各種殺蟲劑的鰻魚已經被證明無法承受自淡水過渡到鹹水水域的過程，假使我們單從表面看來，當前只有少數的銀鰻順利抵達繁殖地，汙染是一大可能因素。

有些理論確實很難證明。例如跡象顯示，鰻魚更常成為掠食者的戰利品，這或許不能直接歸咎人類；但可以想像的是，鰻魚因爲毒素與寄生蟲而體弱不堪，移動更加緩慢，更接近水面，於是容易成爲掠食者的目標。例如：鸕鶿，牠們最熱愛的佳餚之一，就是鰻魚了。

研究人員還認爲目前人類造成的最嚴重的威脅，就是鰻魚遷徙時遭遇的各種實體障礙。水閘、洩洪道與其他人工水利設施，都可能阻止幼鰻游上水道，或讓成鰻無法進入大海。儘管水力發電廠對大環境有益，但對鰻魚而言是死路一條。大壩渦輪會讓前往大西洋的銀鰻送命，有些報導宣稱一座發電廠可以殺死近七成路過的鰻魚。爲了繞過水壩建造的魚梯，多半都是爲數量穩定的鮭魚客製訂做的。

當然，鰻魚生存的古老威脅就是人類的漁業活動，儘管其影響的嚴重程度，長期以來一直讓人爭議不休。鰻魚在歐洲許多地區原本就是很受歡迎的魚類；捕鰻人有自己的傳統、工具與方法，鰻魚產業更是特色獨具，也是某些地區的重要經濟支柱。過去幾十年來，歐洲對日本的出口更是急遽增加——日本人的鰻魚消費量佔全球的七成，但是跟歐洲與美國一樣，也嚴重感受到鰻魚的數量減少了。

對鰻魚繁複的生命週期最具毀滅性的行爲，就是捕撈玻璃鰻。此漁業活動主要見於西班牙及法國——在巴斯克地區，蒜炒玻璃鰻近來搖身成爲昂貴佳餚——由於牠們在生命如此初期的階段就被大量捕撈，當然會對總體鰻魚數量產生巨大的影響。

另一個難以指證，卻也是最嚴重的威脅就是氣候變遷。一旦氣候產生變化，大海洋流的強度方向也會有所改變，這一點毋庸置疑，所以嚴重阻礙了鰻魚的遷徙。海流變化會使銀鰻更難橫渡大西洋，找到合適的產卵地，讓新近孵化的鰻魚幼體，只能無助地沿著海流漂往歐洲。

一旦洋流力道減弱，更改路線方向，馬尾藻海的鰻魚產卵地點勢必受到影響，這表示幾乎沒有重量的透明鰻魚幼體，可能無法找到該帶著牠們前往歐洲的正確洋流，或是牠們有可能被帶往錯誤的方向。此外，氣候變遷也會改變洋流的溫度與鹽度，影響幼體在旅行途中所吃的浮游生物的數量。

幾項研究指出，氣候變遷是造成近年來抵達海岸的玻璃鰻數量減少的主要因素。這是最不妙的警訊。畢竟這表示鰻魚的遷移與繁殖——數百萬年以來一直都很複雜敏感的過程——僅在幾十年間，就變得踉蹌蹣跚，不堪一擊。

¶

那麼，假使鰻魚眞的滅絕，牠又將何去何從？當然，牠會存於圖畫、回憶，與故事。一個從未完全揭露的謎團。

也許鰻魚會成爲新的多多鳥。也許牠會越來越不像一個眞實的生物，而成爲悲劇的象徵，提醒人類在自己渾然不覺時，足以造成什麼後果。

多多鳥是一種笨拙的大嘴鳥，人類在十六世紀末第一次遇到這種鳥，不到一百年後牠就被全數獵殺滅絕了。牠們最早由荷蘭船員在印度洋某座島嶼發現，後來這座島嶼被命名爲模里西斯，也是目前已知多多鳥唯一曾經居住過的地方。

這種鳥體型龐大，大約一公尺高，體重超過十三公斤。牠的翅膀很小，灰褐色的羽毛，禿頭，黑綠相間的彎曲嘴喙。牠的黃色雙腳粗壯有力，臀部渾圓寬大。牠不會飛，動作很慢，在人類登島前沒有天敵。當時的畫作常常嘲笑牠的外觀，語帶諷刺；牠無表情的雙眼看起來就像是巨大無毛頭部的兩顆小鈕扣，牠的神情看來總是一臉詫異，顯得不太聰明。

多多鳥最早的文字紀錄出現在一五九八年一支荷蘭探險隊的報告，內容描述牠比天鵝大上一倍，但雙翅卻僅與鴿子差不多大小。也有人說牠的味道不特別好，肉質不管煮多久都過硬，但至少胸腹肉是可以吃的。

當然荷蘭船員就是這麼對待多多鳥的：他們吃了牠。畢竟很容易就能抓住牠。據說在船員接近牠們時，鳥兒們甚至沒有試圖逃跑。牠們體型笨重，渾身是肉；只需要三、四隻就可以餵飽一整艘船。多多鳥被描述爲漠然無感，不受干擾，似乎完全無法想像另一種生物可能對自己構成威脅。一六四八年的一幅畫顯示，船員們興高采烈地用大棍子將笨手笨腳的鳥兒打死。牠們不僅成爲飢餓荷蘭船員的晚餐，人類更將其他侵略物種帶到島上：狗、豬與老鼠，牠們與多多鳥爭奪空間和食物，襲擊牠們的鳥巢，吃了牠們的蛋與雛鳥。

一六八一年夏天，一名船員班傑明・哈利在日記中寫道，他在模里西斯見到一隻多多鳥。這是最後一份人類記載親眼看見活多多鳥的紀錄。假如紀錄屬實，這有可能是世上最後一隻多多鳥。然後，牠死了，滅絕了，留下的記憶全都褪色了。

有一段時間，多多鳥被人類遺忘，或經過描繪，成爲一隻半神話的生物，不是眞實世界曾經出現的鳥類。有些人甚至懷疑牠確實存在過。亞歷山大・梅爾維爾與休・史特蘭於一八四八年出版兩人合著的《多多鳥與牠的莫逆之交》，爲當代對多多鳥最詳盡的描述，但同年兩人被迫承認這種已滅絕一百六十多年的鳥類資訊極少。「我們擁有的僅是不科學的水手的粗略敘述，三、四幅油畫以及散落的骨片，這些碎片近兩百年來因爲被人忽視，於是保存了下來。相較之下古生物學家的資訊更豐富充足，他們才能夠判斷這種數百年前早已不見蹤影的物種特性，比起查理一世時期的鳥兒們更有其獨特性。」

不過，這兩個人至少確定多多鳥的近親是鴿子；現代 DNA 測試也證實了他們的發現。但除此之外，梅爾維爾與斯里克蘭並沒有爲人類之於多多鳥做出太大的貢獻。他們認爲這種特立獨行的鳥類居住於當時的棲息地，一點也不意外。物種的時間與地理分佈跟環境氣候沒有關係，當然也無關進化。「造物主」藉此保存「大自然亙古不定的均衡」。多多鳥滅絕也不奇怪了。「死亡，」他們寫道，「是物種，也是個體生存的自然法則。」

不過，我們遲早都會認識許多關於多多鳥的知識。一八六五年，牠的第一塊化石被人發現，科學家對牠獨特的命運產生了興趣，因爲這種鳥不只長相獨特怪異，更象徵了人類對地球萬物窮盡氣力造成的各種衝擊，成爲最血淋淋的例證。十九世紀末期起，多多鳥成爲許多作品的主要角色，路易斯・卡洛爾的《愛麗絲夢遊仙境》最具代表性；毫無疑問，牠是當今最廣爲人知的滅絕物種。多多鳥儼然成爲象徵代表，不僅是人類魯莽媚俗的警惕，也拿來隱喻過時或過氣的人事物。「多多鳥」意指愚蠢笨拙的傢伙，無法適應新時代，被遺忘拒絕，最終成爲無名小卒，默默無聞。

英文裡有種說法，「跟多多鳥一樣沒救了。」或許總有一天，我們也會說，「跟鰻魚一樣沒救了。」

¶

但對其餘生物來說，這樣的下場或許還比較令人接受。搞不好鰻魚最終會跟大海牛一樣變成一段迅速褪色的記憶，一種奇特陌生的生物。

大海牛在十八世紀中葉，首度由德國科學家喬治・威廉・斯特勒發現。牠是體型龐大的哺乳類，儒艮科與海牛科的其他物種都是牠的近親，爲一種動作極其遲緩的海洋食草動物。牠的皮膚如樹皮粗糙厚實，相較於牠壯碩的軀幹，頭部很小，兩隻前肢也不大，尾巴與鯨魚形似。

喬治・威廉・斯特勒在丹麥人維特斯・白令（白令海以此人爲名）帶領的俄羅斯探險隊之旅，首度發現這種動物。那是白令第二次率隊遠征這個大部分未開發的地區，他銜俄羅斯海軍之命，負責渡海繪製北美洲西岸的地圖。斯特勒在好奇心及對冒險的渴望驅使下，主動東行前往俄羅斯加入白令探險隊。他在威登堡大學學習神學、植物學與醫學，陪同一隊俄羅斯傷兵前往聖彼得堡，成爲諾夫哥羅德大主教的私人醫生。一七三七年冬天，新婚的他年近三十，出發橫越遼闊的西伯利亞，目標是堪察加半島，因爲維特斯・白令正在那裡待命準備出發。

一七四一年五月二十九日，聖彼得號從鄂霍茨克啓航，船上有七十七名船員。就各方面而言，這次探險都將命運多舛。探險隊立刻遇上惡劣的天候，與姊妹船聖保羅號失去聯繫，而後被迫往南穿越海峽，朝北美大陸移動。他們抵達阿拉斯加時，船員已經病弱不堪，許多人飽受壞血病之苦。除此之外，白令與斯特勒也處不來。

白令只想盡快繪製海岸地圖，在秋季風暴抵達前打道回府，但斯特勒一心要達成目的：研究當地的動植物。

經過兩個月的航行後，白令也得了壞血病，當時眾人便決定船應該立即回頭，返回堪察加。但一場猛烈風暴攔截了他們，船隻在一處無名島擱淺，就此流落陌生異地，任憑大浪摧殘，當時多數船員早已奄奄一息，癱在受損甲板昏迷不醒，腐爛的遺體也都被丟下了船，但積極的斯特勒已經開始自己的各種探險計劃。他有動物和植物要研究。一七四一年十一月八日，就在堪察加以東的一座島上，他首次發現了一大群在水邊休息的無名海牛，這座島就是後世所知的白令島。

那畫面應該非常壯觀，斯特勒鉅細靡遺描述這群後來以他命名的動物。肚臍以上，牠們看起來就像大型海豹，他寫道，但肚臍以下的牠們很像魚類。牠們的頭很圓，有點像水牛，雙眼相較於牠們的體型，反而跟綿羊的眼睛差不多大，而且沒有眼瞼。牠們的耳朵藏在厚厚的皮膚皺褶裡。除了寬大的尾巴之外，也不見牠們的鰭，這使得牠們的外型與鯨魚有所區別。「這些動物像牛群般生活在海裡，」斯特勒寫道。「牠們就只會吃，其他什麼事也不做。」

斯特勒不僅完整描述這群異國海牛，牠們的食物型態，行爲與繁殖方式，更詳盡描述牠們的脂肪如何豐潤，味道也很鮮美，而且數量眾多，甚至可以餵飽整個堪察加半島。他寫道，牠們一點也不怕人。人類走近時也不見牠們試圖逃跑，飢餓的探險隊員用大鐵鉤捕捉牠們，在牠們還有一口氣就動手切下牠們的肉時，牠們唯一的反應只有靜靜地嘆氣。

儘管海牛缺乏生存本能，斯特勒宣稱，牠們對同類遭遇的感同身受卻令人動容。

有些美妙的智慧展現……儘管我無法理解，但確實是非比尋常的同類之愛，同類不幸上鉤時，甚至大夥全都湧上來想要拯救。有些試圖阻止受傷夥伴「不會被拉」上海灘，大家「圍成」一個圈圈「環繞著牠」；有些設法擋住我們的小船；也有些直接躺上纜繩，或企圖將魚叉從「牠」的身體拉出來。

其中一頭公海牛，斯特勒寫道，甚至連續兩天返回同一地點，檢查一頭死在海灘上的母海牛。「而且，無論牠們之中有多少同類受傷或死亡，牠們總是留在原地不走。」

與遲緩又充滿愛心的海牛相遇，對喬治・威廉・斯特勒而言，不僅是一次深刻的體驗，更是生物界的聳動發現。海牛目與大象的關聯，其實比跟海豹或鯨魚更緊密，牠們通常只在熱帶水域被發現。但大海牛卻生活在太平洋北端一處天寒地凍的貧瘠島嶼，而且將那裡當作唯一的棲息地。大海牛是地球多樣演化複雜又迷人的有力例證。世界最不宜人居的角落之一，竟然有此等奇妙的生物存活著。

但大海牛正如即來的警鐘，爲牠的發現者與自己帶來了毀滅。十二月八日，探險家白令死在島上，安葬在海岸的沙灘。大約半數船員也與他的命運一樣。斯特勒活了下來。他與其他倖存者在白令島過冬，靠生吃海獺維生。春天時，他們設法利用聖・彼得號的殘骸打造了一艘新船，一七四二年八月，在出發一年多之後，這群人回到了堪察加，他們形銷骨立、身心俱疲。喬治・威廉・斯特勒發表了他的觀察，告知全球北方奇特大海牛的一切，但不久之後，一七四六年時，他因酗酒過度，死在俄羅斯圖們，年僅三十七歲。

他的大海牛也死光了，俄羅斯獵人跟隨探險家白令的腳步，發現這群遲緩的巨獸是簡單上鉤的獵物，一七六八年，就在斯特勒發現牠們二十七年後，最後一頭海牛在白令海被殺死，時至今日，甚至很少人知道牠曾經存在。牠就這樣輕聲嘆息，逆來順受，溫順接受自己的命運，從人類的覺知與知識悄然消失，牠的地位不如多多鳥，甚至連進入世俗的機會都沒有。

¶

但鰻魚不是多多鳥，也不是大海牛。首先，牠並非孤立於印度洋或白令海的某座小島。其次，牠與人類共存的時間太長，不可能這樣突兀結束。過去幾百年來試圖理解牠的努力，當然都不會是白費的吧?對嗎?

因爲畢竟仍有許多人窮盡洪荒之力想幫助鰻魚。正如鰻魚的生命週期觸發了學界的好奇心，當今許多科學家也認眞覺得，鰻魚的滅絕是自己面臨的最艱鉅的挑戰。研究人員與 ICES 及 IUCN 等機構敲響的警鐘，也被嚴肅看待。至少在歐洲是如此。二〇〇七年，歐盟通過了一項管理計劃，內容包含一系列激進的建議，企圖拯救鰻魚。每個成員國必須採取措施，確保至少百分之四十的銀鰻能夠順利抵達海洋。例如：限漁，或打造替代水道繞過水壩與發電廠。一切至非歐洲國家的出口——如貪得無厭的日本市場——都已經被立法禁止（儘管非法出口仍然方興未艾）。還有，所有捕撈玻璃鰻的漁夫，都必須留下至少百分之三十五的漁獲量，讓牠們回到野外生活。同樣在二〇〇七年，瑞典國家漁業委員會禁止瑞典國內進行任何形式的捕鰻行爲，除了部份擁有特別許可證的捕鰻人，或從第三段遷徙障礙上游的淡水捕撈鰻魚者。

起初這些措施似乎生效了。在隨後的幾年中，歐洲鰻的數量似乎略爲回穩。從馬尾藻海回來的玻璃鰻數量增加了，許久以來的第一次，關心鰻魚發展的人們終於可以鬆一口氣，樂觀以對。

但從二〇一二年開始，趨勢再度逆轉，回復率又歸零。之前的上升數字似乎是浮光掠影，歐盟管理計劃設定的目標離實現還很遠。總體而言，鰻魚的現狀跟二〇〇七年之前一樣糟糕。

我們似乎陷入了「烏托邦式的僵局」，正如瑞典烏普薩拉農業科學大學的鰻魚專家威廉德克，在二〇一六年的形勢摘要中寫道。我們曾經有一段時間安於不實際的期望，結果希望破滅了。德克表示，爲拯救鰻魚採取的措施不僅不足，更可能成爲誤導。一旦我們執著於自認瞭解的細節，深信我們什麼都懂，鰻魚的現況就永遠不會改善，只會惡化。

儘管此議題仍爭論不休，但時間已經分秒流逝。

二〇一七年秋天，歐盟各國農漁業部長重新制定全新捕魚配額，歐洲委員會出人意料地提出極端的建議，打算全面禁止在波羅的海捕撈鰻魚。瑞典起初支持，但在沒有其他國家附議後，只能選擇放棄。開放協商非常重要，瑞典農村事務部長史文埃里克・布希特強調；他就跟其他人一樣，比起鰻魚，可能更喜歡其他魚類。他認爲，如果我們選擇站在鰻魚這一邊，我們就等於放棄了保育其他物種的機會。「到時就沒有人站在鮭魚這一邊了。」於是，一切就這麼決定了，鮭魚、鱈魚、鯡魚與鰈魚的配額減少，但鰻魚持續如常被大量捕撈。

又等了一年，直到二〇一八年十二月，歐盟才決定實施全面性的鰻魚捕撈禁令，包括地中海與大西洋沿岸。但禁令只涵蓋一年裡的三個月，而且玻璃鰻尚未納入其中。

於是乎，鰻魚的數量持續下降，關於如何協助鰻魚的所有決定則變成且戰且走。直到我們更瞭解牠們。或者直到牠們死光，到時也不用再做什麼研究了。

¶

想像一個沒有鰻魚的世界，會很困難嗎？這已經存在至少四千萬年的生物，捱過冰河時期，見證板塊分裂漂移，目睹人類經過數百萬年後，在這個星球上找到自己的定位，一直以來是許多傳統、慶典、神話故事的主角，如今要抹煞牠的存在，有可能嗎？

大家會本能地回答，不可能，地球不是這樣運作的。存在者恆存在之，不存在者，則總是超乎我們想像。一個沒了鰻魚的世界就像一個沒了山或海、空氣或土壤、蝙蝠或柳樹的世界。

但話說回來，萬物更迭恆變，我們總有一天也會改變。當年或許在某個時間點，至少對一些人而言，也很難想像一個沒了多多鳥或大海牛的地球。就像我，曾經也無法想像沒了奶奶或父親的世界。

然而，如今他們都走了。而地球依然還在。

18 馬尾藻海

我不記得我們上次去釣鰻魚是什麼時候了，但隨著時間過去，釣鰻魚的次數越來越少。倒不是因爲鰻魚沒了神祕感，也許是因爲其他事更值得探索了。比起逐漸開展的萬象世界，相形之下我們在溪邊的封閉世界越來越沒競爭力。走到這一步，當然是可以預期的。人們長大、改變、離開、改頭換面，不再釣鰻魚。我們經歷具有象徵意義的變態，有些事物便如此這般無法避免地散佚了。

十幾歲時，我有時會帶朋友到小溪。父親在家裡。我們帶了啤酒和空氣槍，只要抓到一條鰻魚，就朝牠的頭部開槍。大夥輪流射擊，沒瞄準，再開槍，沒瞄準，再開槍一次，我將鰻魚帶回家給父親，他超級火大，咬牙切齒的程度幾乎可以咬碎鉛彈。我想他應該是認爲我們太不尊重了，對他，甚至對鰻魚。

父親有時會自己去釣魚，但後來也沒那麼頻繁了。我完成學業，開始工作，週末都會出門，我們漸行漸遠，不是因爲衝突或疏離，只因爲一切都有了變化，有了自己的軌道，曾經帶著父親抵達全新世界的水流，如今似乎也將我從他身邊帶走了。我二十歲時搬離家，最終那水流帶著我到我最終的目的地：大學。

假使說鰻魚是我們的共同經驗，那麼大學則完全不是這麼回事，它體現了我們完全沒有共同點的一面。陌生的場域，與我之前習以爲常的一切截然不同。這裡的回憶，由大型建築物以及說著抽象語言的人們組成，這些人好像都不用工作，人人都努力追求自我實現。儘管多少有點不情願，但我仍然被它迷住了。我讓自己盡情沉浸於那種情境與文化，學會模仿那陌生異國般的社會規範。我成天捧著一疊書，彷彿那就是我的身分證，每當有人問我是哪裡人時，我學會簡單扼要地回答，口氣充滿防衛性。我猜自己認爲瀝青的氣味會暴露出我在這學術走廊裡，其實是一個格格不入的陌生人。

但每年暑假我總會找時間回家，然後到溪邊捕鰻。我們那時已經不用長鉤陷阱，轉而使用更現代的河床捕撈法。我們使用一般長度的榛木桿，上面掛了大魚鉤與鉛錘，放上蟲餌後，就讓鉛錘帶著它們沉入溪底。父親用沉重的金屬管做了桿架，我們將它固定在地面，於是木桿就像桅杆般矗立在夜空中。我們帶來露營的折疊椅，桿子頂端掛了鈴鐺，只要鰻魚一上鉤，鈴鐺就會發出清脆的聲響，然後我們就坐在溪邊直到深夜，聽著單調急促的水流聲，望著柳樹搖曳的黑影，蝙蝠在我們身旁敏捷撲翅，我們一面喝著咖啡，討論我們抓過以及沒抓到的鰻魚，內容差不多就這些。儘管如此，我卻從未覺得無聊。

最終，我父母買了一間小木屋。那是一間紅木小屋，不特別可愛起眼，室內沒有水管配置，唯一的一口井也髒得不得了。但它就建在一座小湖旁邊，四面是森林，長長的蘆葦區有疣鼻天鵝與鳳頭鸊鷉築巢。每天幾乎都有蒼鷹和魚鷹飛掠湖面，傍晚時，夕陽如大火球般消失在一片雲杉樹後。父母特別喜歡這間小木屋，他們盡可能常在那裡消磨時間。

小木屋原本就有一艘小塑膠船，每次我回去時，都會在湖上釣魚。多半是釣到狗魚及河鱸。我們划過來，划過去，探索湖心，它比我們乍看時還要大。小屋位於東側湖面，南端是一大片淺根蘆葦，黃昏時甚至聽得見狗魚跳躍飛濺。一條小溪注入湖面北側，河鱸則全天候守在那裡覓食。沿著小湖西邊是一片長滿蘆葦、百合與野草的狹長小島。我們認爲霸王級狗魚就住在那裡。

有一天晚上，我們坐在小木屋凝視水面。湖水淹上草地約幾公尺高，突然間，幾條大而有力的尾鰭拍打水面，就在草地邊緣。牠們左右擺動，就像月光下打信號的旗幟。我們認定牠們必然很狡猾，於是決定像過去捕鰻一樣逮住牠們：我利用榛木棍，也在頂端掛上鈴鐺。我抓到一條近兩公斤的大魚；牠灰黑黏稠，身上幾乎覆滿了看不見的鱗片。我們抓了慢吞吞又笨拙的魴魚，牠們被拉出水面時一副任憑擺佈的模樣。

但我們一條鰻魚也沒抓過，隨著時間的流逝，牠似乎越來越神祕了。

「這裡一定有鰻魚，」父親說。所有的跡象也都如此顯示。這座湖很淺，湖床泥濘；有很多植被和岩石足以藏身，水裡到處都是小魚。注入湖中的小溪對遷徙中的鰻魚來說，簡直不算挑戰，而且它也與我們向來捕鰻的小溪相連，離這裡才十二公里遠。

「我不明白爲什麼我們一條都沒抓到，」父親說。「這裡肯定有鰻魚。」

然而我們甚至連一眼鰻魚都沒瞧見，彷彿是在提醒我們牠對我們的意義，牠就這麼遁入陰影。到最後，我們甚至開始懷疑牠是否曾經存在。

¶

父親在滿五十六歲的那年初夏就病了。其實他早就不太對勁了，他的身體一直莫名地疼痛，拖到最後才去看醫生，醫生將他轉診到大醫院。他們照了X光，做了許多檢查，最後才確定問題的所在：一個來勢洶洶的巨大腫瘤。醫生對我們解釋了父親生病的原因，醫生告訴我們，父親長年的工作接觸瀝青與他得的癌症明顯相關。瀝青散發的暖熱氣體終究滲入他的體內深處，如今已經完全沒有辦法將之移除了。

夏天轉爲秋天時，他開刀了；手術艱鉅複雜，在他出院前，時序早已進入隆冬。有好幾個月，他只能躺在床上掛點滴，無法進食或甚至享受他的菸草，我們探望他時，只能默默望著醫護人員幫助他起身，在走廊靠助行器走一走。病袍下的他，蒼白瘦弱。這是我第一次看見他如此脆弱。

也是在醫院的某一天，我記得是在自助餐廳，那時父親人在病房，因爲打嗎啡而昏昏欲睡，母親告訴我一件我早該明白的事。我的爺爺，那位我一直叫爺爺的老人，並不是我父親的父親。我父親的生父另有其人，沒有人知道那是誰，甚至連我父親也不知道。奶奶二十歲時認識那個男人，後來懷了孕，生下孩子，男人卻完全不想承認她或自己有了兒子。我們知道的就是這些，除了那個人的名字與我父親的中間名一樣。

我怎麼沒有早點發現？我怎麼會看不出來呢？我知道父親小時候跟他的外公外婆住在一起，我也知道當奶奶到鎮上的橡膠廠工作時，是她的姐妹們照顧我父親。我也聽說在我的曾祖母去世時，父親只有兩歲，後來他們從約聘工小屋搬進自己的房子。不知爲何，我從來沒有把這些細節兜在一塊兒。

奶奶直到我父親七歲，才遇見後來被我稱之爺爺的男人。他們剛開始交往時，我父親有天開學回家哭得厲害，無法安撫平靜下來。原來新生們要介紹自己父親的身分和工作。但我父親卻什麼也說不出來，也許那是他第一次意識到，人的起源會影響我們一輩子，不管我們想不想要，因此不瞭解自己源頭的人，終生就會迷惘失落。假使你不知道自己從何而來，又該怎麼知道自己要往哪裡去？離鄉背井或落葉歸根時，能遵循的道路永遠只有一條啊。

開學後不久，我的爺爺奶奶就訂婚了。過了幾星期他們就結婚了，奶奶的姐妹們是唯一的證人。

爺爺，這位我稱之爺爺的男人，打從一開始就把我父親當成自己的兒子看待，當時父親似乎下了決定：他的起源是一個謎，答案任他自己選擇。他人生的前七年沒有父親，如今又突然有父親了。他對那位如隱形人般的角色完全不感興趣，他之所以從未告訴我們眞相，是因爲他不想讓我們懷疑過去。我們的爺爺善良可敬，不像那位隱形人，爺爺眞實存在。也許就在某一刻，父親下定決心，他自己的源頭，與我們的源頭，就是跟他在一起，在那西邊的農場上，事實就是如此，這才是最重要的。直到他病重，一切似乎讓人惶惶不安時，父親也從來不提，而我們也一直沒問。

手術與近六個月的臥床讓父親多活了四年。漫長緩慢的四年恢復期，但最終腫瘤還是回來了，每一次都更兇猛殘忍。第一次復發之後的那年秋天，又是一連串的手術、併發症、疼痛，住院好幾個月。然後是第二次復發；到那時，他已經孱弱不堪，繼續搏鬥也沒有意義了。

那時父親已經六十歲了。有天傍晚，我和他坐在家裡看電視。他坐在黑色扶手椅休息，他的雙腳擱在他面前的矮凳上；他很累，但心情很好。當時我們都不知道腫瘤又回來了；我們也不知道又是什麼東西在他體內蠢蠢欲動。至少我不知道。

「木屋旁的湖面水位很高嗎？」他問。

「沒有，水退了，差不多只蓋住碼頭。」

「但碼頭還在，是吧？沒有移位？」

「沒有，看起來狀況不錯，我們把它固定得很好。現在要挪動它需要更大的工程了。」

「當然了，但我們之前不是也這麼說過嗎？」

他轉頭看我。「你最近有釣魚嗎？」他問，那時我才發現他的雙眼不一樣了。他的眼白變黃，那是一種灰黃色，就像一張泛黃的白紙，變得骯髒黯淡；那圈眼黃如濃霧般包圍他的黑色瞳孔。我只看了他的眼睛一眼，但我一定是出現了某種反應，因爲他立刻轉頭看電視螢幕；我默默地坐在他旁邊，瞪視前方，不太清楚剛才發生了什麼事。

我們又聊了一會兒，但每次我看向他，他幾乎都想避開我的眼神。他轉過頭，彷彿對我隱瞞了什麼。我想起小時候有一次，我們坐在廚房餐桌旁。當時正值冬天，外頭冰天雪地，父親戴了一頂黃色針織帽，上頭還有一團藍色毛球，當他從額頭摘下帽子時，他的頭和帽子一樣是黃色的。「我有黃疸，」他笑著說，但我不知道他在開玩笑。我問母親什麼是黃疸，她說那是一種肝臟疾病，有可能致命，我嚇得立刻閉上嘴。我還以爲父親快死了，我不知如何表達自己的恐慌。他大笑解釋著自己是在開玩笑，那只是帽子掉色的關係，我不敢相信。當時我才意識到，如果其他人會生病死亡，難道我父親就不會嗎？我就不會嗎？

我們一面看著電視，夜色逐漸落下，父親越來越累，但我能感覺到他在努力對抗疲憊。他想多撐一會兒。他不想承認自己已經體力不支了，也不願面對自己不太對勁。於是，他一面聽，一面說，他的聲音低沉柔和，突然間，幾乎是在話講到一半時，他閉上眼睛就睡著了。他坐在躺椅，雙眼閉著，呼吸深沉，就像他以前剛打卡下班回家那樣。我獨自坐在他旁邊的椅子；最後，我看著電視，默默等待，卻不知道自己在等什麼。沒有多久——十秒，或二十秒——他再次睜開眼睛，看著我，母親在房裡的陪病床睡了好幾天，但幾乎完全沒睡。

那天早上，等我抵達時，他安靜多了。我獨自坐在他的床邊，握著他的手。他的手溫暖潮濕；粗糙的手指僵硬如木片。他很安靜，動也不動。我聽他呼吸，微弱不規則；吸吐之間，每一秒都延伸宛如永恆。

那是我第一次想知道，到底該如何看出死亡降臨？你怎麼知道它何時會來？

「心臟停止跳動，」這可能是多數人的答案，當最後一口氣離開身體，一切就此靜止。傳統上，我們就是如此思考死亡的霎那；心跳與呼吸是生存的必然，因此生與死有其明確界限。心臟停止跳動的那一秒，死亡翩然而至。就此確定死亡時間。就像蠟燭被吹滅的那一刻。

但這並不一定是死亡的樣貌。心臟通常不會這一秒還在跳動，下一秒就驟然停止；相反地，它們是逐漸變慢，越來越不規則。也有可能停止跳動，然後又重新起跳。血壓會下降，血氧會變低。死亡並非突然取代生命，而是緩緩滲透它。

在瑞典，死亡的判定與心跳呼吸沒有任何關係。根據瑞典法律，只要人的大腦出現某種形式的活動，此人就還活著。法律條文第一段概述了確定人類死亡的標準，指出：「當所有大腦功能徹底無法挽回，一切都中止時，此人便被認定爲死亡。」

白紙黑字這麼寫，部份是因爲這樣就更容易從腦死者身上取下捐贈器官，但這也定義了生命的某種價值。因爲這表示生命不僅是生物功能，更與意識相關——就算不是清醒的意識，至少是能夠感知、感受，亦或做夢的能力。

這種能力就不完全需要仰賴心跳或呼吸了。二〇一六年，加拿大西安大略大學一個研究小組研究了四名病患的死亡時刻。在所有維生系統被移除之後，四個人的大腦活動被用電極量測。在四位病人中，有三位在心臟停止跳動之前，大腦活動便已經完全停止，其中一位甚至在心臟停止十分鐘前，就已經不見大腦運作。但第四位病人的情況正好相反。儀器顯示在最後一次心跳後，大腦仍然活動了整整十分鐘。怎麼回事？腦波圖的高峰顯示了什麼？圖像？感知？夢境？

另一項研究，則由美國重症加護醫師拉赫米爾・喬拉指導進行，死亡時的腦部活動急遽增加。喬拉注意到，從心臟停止跳動的那一刻起，有七名患者的腦部活動長達三十秒到三分鐘。長時間處於深度無意識狀態的病人，在生命的最後時刻，突然表現出活躍的大腦活動，幾乎等同於完全有意識的人。自二〇〇九年發表這份報告後，拉赫米爾．喬拉在一百多名垂死病人身上觀察到同樣的現象，儘管結果遭人質疑，但似乎支援了眾所周知的「瀕死經驗」。也許真有一些我們不知道、也永遠不會完全理解的心智狀態，除非有人能爬出墳墓告訴我們。也或許這些心智狀態脫離了我們量化生命的標準，如心跳與呼吸，以及時間。至少這是二〇〇〇年諾貝爾醫學獎得主阿維德．卡爾松提出的理論。他在一篇文章中曾經評論道，也許我們在死亡霎那，體驗到的是一種與時間完全脫離的狀態。

「那會是什麼？」他問。「就是永恆。對嗎？」

父親的頭上沒有裝電極。我不知道那個溫暖的清晨，他到底剩下多少意識，或者他有沒有任何感受或夢境。我也不知道自己在那裡坐了多久——我最終失去了所有的時間感——但當我更用力捏住他的手時，我突然意識到我好久沒聽到他的呼吸聲了。我呼叫護士，她立刻衝進來，伸手找他的脈搏。我望著她，仍然握著他的另一隻手。她回頭看我，靜靜地點點頭。

¶

第二天，我們坐在屋外，聽見半公里外教堂爲父親敲響的鐘聲。我們坐在蘋果樹旁的草地上，溫室裡的蕃茄才剛開始變紅，那是我們戳入草耙，將蟲子從地底趕出來的地方；我們還在這裡一起爲小船上漆，父親在這裡裝好鰻魚陷阱。鐘聲沉悶沉重，從遠處聽來，彷彿永無止盡。

過了一星期，葬禮結束後，我們去了小木屋，同樣是另一個炎熱窒悶的夏日。草地很乾燥，草也需要割一割了。魚鷹飛過水面，湖水在炙熱的陽光下完全靜止。我站在水邊，手裡握著一根釣竿，盯著浮標。有人叫我，我將釣竿放在地上，浮標還在水裡。幾分鐘後，當我回來時，我意識到有東西打算將整根釣竿拉進湖裡。它迅速地滑過草地，線繃得很緊；我在最後一秒抓住它，立即感受到一條魚使勁地抵抗。我還有時間細想，這種感覺非常熟悉，魚已經衝向百合區，接著牠突然轉身，游回岸邊，我還來不及反應，釣線已經消失在岸邊的大石頭底，然後它卡住了。

有好一會兒，彷彿時間靜止了。繃緊的線與細膩微小的掙扎動作。我又哄又拉，釣竿彎曲如蘆葦；我往旁邊走幾步路想要換個新角度，用力扯著尼龍線。我認爲當下只有兩條路可以解決僵局，無論如何都會有輸家，我咬牙詛咒，終於跪在地上，雙手抓住釣線，瞪著渾濁的湖水。

我知道那是一條鰻魚，因爲我看見了。牠慢慢從陰影中現身，朝著我過來。牠很大，體色淡灰，如鈕扣般的黑色圓眼，牠看著我，彷彿要確保我也看得見牠。在鰻魚觸及水面時我鬆開線並看見魚鉤脫離，然後牠轉身溜回未知的深處。

有一段時間，我只是坐在水邊。四下安靜，湖面如鏡；暖陽讓水面飄著一層白皙薄紗，水面下的一切都藏得很好，彷彿躲在鏡子後面。底下的一切都是祕密，但如今，那是我的祕密了。

帕特里克・斯文森

作家與記者。他與他的家人居住在瑞典馬爾摩（Malmö）。《鰻漫回家路》是他的第一本著作，此書二〇一九年獲頒奧古斯特文學獎，這是瑞典最大的文學獎。

鰻漫回家路

二〇二二年一月二十六日初版第一刷

作　　者　帕特里克・斯文森
譯　　者　陳佳琳
編　　輯　廖書逸
發 行 人　林聖修
出　　版　啟明出版事業股份有限公司
郵遞區號　一〇六八一
台北市大安區敦化南路二段
五十七號十二樓之一
電話　〇二二七〇八八三五一
總 經 銷　紅螞蟻圖書有限公司
法律顧問　北辰著作權事務所
定價標示於書衣封底。

封面及裝幀設計：王瓊瑤
書衣設計授權衍生自 Mel Four 設計之英國版封面

ISBN 978-986-99701-3-6

國家圖書館出版品預行編目 (CIP) 資料

鰻漫回家路／帕特里克·斯文森（Patrik Svensson）作；陳佳琳譯。
——初版——臺北市：啓明，2022.01
256 面；21 x 14.8 公分。

譯自：Ålevangeliet
ISBN 978-986-99701-3-6（平裝）

1. 鰻

882.357 109014062

Ålevangeliet
Patrik Svensson